中西比较文学实践与观察

王鸿博 著

北京航空航天大学出版社
BEIHANG UNIVERSITY PRESS

图书在版编目（CIP）数据

中西比较文学实践与观察 / 王鸿博著. -- 北京：北京航空航天大学出版社，2020.12

ISBN 978-7-5124-3229-1

Ⅰ. ①中… Ⅱ. ①王… Ⅲ. ①比较文学-文学研究-中国、西方国家 Ⅳ. ①I0-03

中国版本图书馆 CIP 数据核字（2020）第 020954 号

中西比较文学实践与观察

责任编辑：邓 彤
责任印制：秦 赟
出版发行：北京航空航天大学出版社
地　　址：北京市海淀区学院路 37 号（100191）
电　　话：010-82317023（编辑部）　010-82317024（发行部）
010-82316936（邮购部）
网　　址：http：//www.buaapress.com.cn
读者信箱：bhxszx@163.com
印　　刷：北京九州迅驰传媒文化有限公司
开　　本：710mm×1000mm　1/16
印　　张：8.75
字　　数：129 千字
版　　次：2020 年 12 月第 1 版
印　　次：2020 年 12 月第 1 次印刷
定　　价：42.00 元

如有印装质量问题，请与本社发行部联系调换
联系电话：010-82317024

目录

CONTENTS

1　总体视野：回望 2001—2003 年中西比较文学

中西比较文学是中国比较文学研究中最主要的领域，所取得的研究成果直接标志着中国比较文学的发展水平，也是衡量学科发展进程的重要标志。在某种意义上，中国比较文学学科乃至中国现代学术，就是在探索“中国—西方”的总体话语框架中建立起来的。通过观察 2001—2003 年的中西比较文学研究，我们既可以大致把握中国比较文学第四阶段二十余年发展的总体状况，也可以在某种程度上觅得中国比较文学在新世纪发展的若干路径，因而具有前瞻后顾的意义。通过对 2001—2003 年中西比较文学专著论文的通读和研究，我们发现中西比较文学研究领域收获了一大批具有拓展性的学术成果，可谓硕果累累，但其中思路方法上的局限，也值得人们反思。

1.1　中西比较文学研究学理探索

中西文学总体比较研究中的一个重要内容是 20 世纪中国新文学的发生，研究 20 世纪中国文学的作家作品，几乎不可能不考虑世界因素，而这类研究往往局限在中国文学接受外来影响的研究模式中。这方面重要的研究者陈思和从 20 世纪末就开始提倡“20 世纪中国文学的世界性因素”，从中国文学研究的立场上进行中西比较文学学理上的探索，进而反思比较文学中影响研究的理论方法。这不仅引起许多中国文学研究者的关注，还吸引了不少比较文学学者参与讨论。2001—2003 年中，他又继续就这一论题发表论文，《中国比较文学》杂志为此特意开辟了专栏，刊发比较文学界一些重要学者的回应文章。可以说这是这一时期中西比较文学乃至中国比较文学最有建树的一批学术成果。

陈思和《20 世纪中外文学关系研究中的“世界性因素”的几点思考》（《中国比较文学》，2001 年第 1 期）是系统总结“20 世纪中国文学的世界性因素”的一篇力作。作者从观念和方法两个层面全面系统地论述“20 世纪中国文学的世界性因素”的学术观点，从世界文学的角度重新审视中外文学交流的历史，并大胆质疑以实证为基础的影响研究的传统方法。作者通过影响研究的一些例子，反思目前研究方法的空疏、逻辑上容易招致的误导，以及“走向世界”策略上的悖论性。作者反驳了“外来影响”考证的不可靠性和中国现当代文学是在外来影响下建立以来的发生学观点，认为通过作家、思潮和时代三个方面来理解实证方法的作用存在巨大限度。作者认为提出“世界性因素”的意义首先是比较文学观念的转变，即不能潜意识里认为影响者和接受者处于不对等的状态；其次是这一提法超越了传统比较文学影响研究和平行研究的二元对立模式。这篇文章涵盖广阔，既有理论意义，又有实践意义和学科意义，不仅对中西比较文学研究学理做出了颇有深度的思考，还是中国比较文学学派对比较文学观念的重大贡献，对于中国比较文学学科发展也具有毋庸置疑的作用。

为此，发表该文的《中国比较文学》随之发表了一批文章，对这一论题进行充分讨论，许多学者均参与其中。比较有代表性的文章有如下几篇：孙景尧《中西文学关系研究的“有效化”——兼论“影响研究”和“世界性因素”》（《中国比较文学》，2001 年第 3 期）一文肯定了陈思和研究的理论价值，突出中国文化“活的传统作用”，强调应该破除要么是本土继承、要么是外来影响的抽象对立。陈建华《关于“20 世纪中国文学的世界性因素”命题的几点看法》（《中国比较文学》，2001 年第 3 期）认为陈文破多而立少，提出当下比较文学中的影响研究与大家所批判的以往的影响研究实质不同，影响研究不等于实证，实证当然并非万能的观点。谢天振《论文学的世界性因素和影响研究——关于“20 世纪中国文学的世界性因素”命题及相关讨论》（《中国比较文学》，2001 年第 4 期）赞同陈思和追求的是不再把中国文学作为一个被动的接受体，而是把中国文学放在与外国文学平等的地位上加以研究，肯定了这一学术命题为中外文学关系研究开拓了新的空间。

陈思和研究的价值首先在于批判了当下比较文学中某些不成熟的影响研究和渊源研究，试图还原文学研究最基本的审美判断和创作心理等方面的分析，重新肯定比较文学研究作为艺术研究的基本属性。虽然有些学者指出目前的影响研究已经大大不同于法国学派中运用的手法，但毕竟能够综合各种研究方法进行的文学关系研究还属少数。仅就 2001—2003 年中西比较文学领域来看，相当数量的论文还是过于重视实证考察的社会科学思维，必须承认陈思和的批评还是比较客观的。其次是该研究尤为强调作家创作时的创造性变异和转化现象。打一个不恰当的比方，外来影响是“导火索”，真正引起爆炸（化学反应）的还是“炸弹”本身。以往的研究更多强调“导火索”的作用，而忽略或至少低估了作家自身的能动作用。再次，这一研究提醒中国文学的现代性是一个“共时性”的动态概念，而非“历时性”的传播与接收的流程。最后，这一观念的提出是与其他比较文学同行进行充分辩驳的过程中逐渐丰富起来的，具有理性化的学术作风。当然，这一观点是否具有这样的潜台词，即愿意接受这种说法的学者可能潜意识里不满足或不愿接受中国文学在某一历史阶段落后于西方文学的判断，这一点还可以继续考察。对于某些并不纯粹的文学研究者来说，“世界性因素”或许成为掩盖中国文学弱势不足的手段，倘若矫枉过正，容易走向一种文学民族主义。另外，这一学术进路属于对研究方法进行辩驳的反诘性研究，因而势必如谢天振所言破多立少，如何能在话语批评同时通过具体的研究实践加以完善，是学者们进一步探索的方向。

另外，王向远《比较文学学科新论》（江西教育出版社，2002 年 3 月）

提出法国学派所提倡的研究方法实为“传播研究”而非“影响研究”，与陈思和的研究也有一定程度的交集。但陈思和的观点是在具体的中国文学研究实践中提出来的；王向远的观点更多属于比较文学学科理论部分，更多体现出中国立场的主体建构。

与“20世纪中国文学的世界性因素”相关的是关于中国文学现代性体验的研究，这是中国文学与外国文学关系研究的另一条重要思路。2001—2003年间出现了两本重要专著：王一川《中国现代性体验的发生——清末民初文化转型与文学》（北京师范大学出版社，2001年10月）和杨联芬《晚清至五四：中国文学现代性的发生》（北京大学出版社，2003年11月）。两位作者来自不同研究领域，研究方法和志趣略有差异，却不约而同地触及类似话题，可见透过外国文学与中国现代文学的关系研究而进入中国文学现代性层面所具有的比较文学意义庶几相通。这两部书均未指明比较文学之名，但其思维方式和研究方法显然充分吸收了中西比较文学研究的营养，甚至可以想见未来此类研究将成为中西比较文学研究的一条坦途。

王一川《中国现代性体验的发生——清末民初文化转型与文学》是19世纪90年代以来中国文学现代性研究热潮中涌现出来的一部力作。作者是中国文艺理论和现代文学研究中的干将，他认为当时国内红火的现代性研究的根本缺失在于仅仅关注精英言论而忽视民众生活，尤其是过于关注思想而忽略了现代性作为日常生活体验的层面；清末民初的中国文学是现代性诸种体验最基础的表现载体，构成了我们考察中国现代性体验的文学审美维度。全书分为上中下三篇，加上导论和结语，共10章。上篇探索现代性体验的理论问题，分析了现代性体验的理论界限，以及文化现代性问题和现代性体验的发生特征。中篇从人类生活层面，以李宝嘉《文明小史》为例分析了所谓的“新文明”体验，以王韬学说为例分析了“全球性”带来的现代性震惊。下篇主要以近代中国作家、学者的文字书写为媒介，分析现代性体验的诸种类型，包括王韬眼中的西方、黄遵宪眼中的中国、刘鹗《老残游记》中的传统记忆、苏曼殊《断鸿零雁记》中的现代性个人等。结语部分提倡从现代性体验角度重新审视中国现代文学，譬如作为现代文学中心文类的小说，作为现代文学主导媒介的大众传播和作为现代文学独特形象系统的典型与意境。在此基础上，作者提出了一条走向中国现代性诗学的文学体验之路。这本书的价值在于通过对现代性体验的文学描述、辨析，赋予中国文学现代性研究新的视野。在这个视野中，西方不只是观看或艳羡的对象，还更多地赋予走近（进）现代的中国人以体验和感受新文明的机遇，从而确立自我，创立现代性的个人与国家。作者通过个性化的眼光，自如地运用比较文学中跨文化的视角和形象学等多种方法，大大拓展了中国文学和比较文学研究的原有局域，文学现代性的体验研究也为学界提供了重要参照。该书出版之后就受到学界重视，在吴武洲《在通往现代性诗学的途中——读〈中国现代性体验的发生〉》（《中国图书评论》，2003 年第 1 期）等书评中予以较高评价。

杨联芬《晚清至五四：中国文学现代性的发生》包括绪论及七章论述，近 30 万字。绪论表述了全书的核心观点，肯定现代性是 20 世纪中国文学的主潮。第一章确立了晚清新文学运动的意义，将“人的文学”概念在“启蒙”与“艺术”之间确立坐标。第二章论述晚清新小说之“新”的原因，在于审美空间的陌生化、文本与读者之间建立崭新的关系。第三章集中分析了林纾小说翻译与中国文学现代性的发生。第四章主要研究了鲁迅《域外小说集》的“潜文本”意义。第五章论述了晚清至五四文学中“国民性”的焦虑。第六章分析了苏曼殊与五四浪漫文学的关系。第七章主要研究曾朴、李劼人对长篇历史小说转型发挥的作用。全书的后几章实际都是中国近现代文学研究的传统话题，一直难以取得实质性突破，但在中国文学现代性的新视角下获得了再审视的可能空间。同时，该书也是对 1980 年“20 世纪中国文学”整体观的提出及海外学者王德威等人提倡“没有晚清，何来五四”观点的一种回应。

另外，高旭东《比较文学与二十世纪中国文学》（人民文学出版社，2002 年 10 月）一书的部分章节也在这个研究范围内。高旭东是一位善于从 20 世纪中国文学研究中对比较文学学理方法进行反思的学者。他的《比较文学与二十世纪中国文学》一书集合了19世纪80年代以来发表的部分论文，或在原作基础上进行了较大幅度的增删改写。其中第二章《世界文学格局中的中国文学之现代转型》前三节《中西文化合璧的新文学传统》《新文学语言的现代转型》《新文学摄取外来文学的深层语法》为2001—2003年的新作，分别从新文学的传统、新文学的语言和摄取外来文学三方面探讨了20世纪中国新文学现代转型的一些问题，从比较文学和比较文化角度对20世纪中国文学尤其是五四新文学提出了较为宏观和整体的看法。《中西文化合璧的新文学传统》（该文先发表于《中国文化研究》，2002年第2期，做了较大增删后收入书中）认为中国新文学传统的核心是感时忧国与个性精神的结合，是中国文学传统与西方文学合流的产物，从19世纪30年代巴金、老舍和沈从文的创作，以及19世纪40年代路翎、钱钟书的创作中都可看出对这一文学传统的继承。《新文学语言的现代转型》在对中国古代语文、西方语文和五四白话文的辨析基础上，指出新文学以白话文为正宗，萃取西方语文精确之长，适于描绘心理与图画。这一文字变革的通俗化和西化倾向也与西方科学、民主精神的体现有关。此外，语言转型中也不免失去了古代语文朦胧含蓄之美，新文学尤其是新诗在韵味方面有较大损失。《新文学摄取外来文学的深层语法》主要研究了中国现代文学摄取外来文学的具体途径和内在逻辑，认为现代文学中感时忧国乃为深层语法，因而兴邦救国为核心目的，个人解放与自由也要以此为目的。尽管现代文学摄取外来文学一度呈现杂乱无章的状态，其内部差异性也很强，但毕竟形成了以民间文学与革命意识形态相结合的文学主流。概括说来，摄取外国文学的路径也从西（欧美）向东（日本），又转而向西（苏联）。

这三篇文章虽然只是全书中的部分，却很能体现高旭东从比较文学角度对中国现当代文学做出整体观察的宏观视野。对五四以来新文学传统的理解，相当长时间被意识形态所遮蔽，近年来学者们虽然在局部问题上不时取得各种突破，却因为各种原因较少发表整体性的观点，显得微观有余而宏观不足。即便是纯粹的文学史研究者也未能如作者这般准确、清晰地发表意见，即将新文学传统理解为感时忧国与个性精神的结合。这是作者自觉将比较文学的跨越性视野与丰富的文学文本对象细密结合探讨的结果，具有重要的文学史和思想史意义；对于比较文学学理上的思考，即如何整体性地理解中国文学现代性，而非仅仅满足于个案考释，也具有示范性的意义。

刘禾《跨语际实践》（宋伟杰等译，生活·读书·新知三联书店，2002年6月）是一部研究跨文化翻译的重要著作，应属比较文学中翻译学研究领域，其中某些部分也关乎中国文学的世界性及现代性因素。譬如作者探讨鲁迅的国民性思想时，特意强调斯密思《支那人气质》（原书译名）日译本对鲁迅的作用。无论鲁迅和老舍这样的现代作家对西方人评价中国国民性做何种反应，毕竟斯密思的书作为一种象征性的文本改变了西方对中国的想象和对自我的看法，同时也改变了打量彼此的眼光。对于此类局部研究对象，作者显然具有丰富、敏锐的中西比较文学思维。

以上几位研究者虽然未见得是纯粹的比较文学研究者，然而，他们从各个学术方向不约而同地汇集到了中西比较文学阵地，这很能说明比较文学的跨越性与多元性所提供的广阔视野以及方法上的普适，因而这正是比较文学和中国文学研究携手发展的结果，也是未来中国文学研究发展的方向。

在这一领域，陈旭光也是一位活跃的学者。他的《中西诗学的会通——20世纪中国现代主义诗学研究》（北京大学出版社，2002年1月）是一部比较诗学领域的著作，同时也建立在中外文学关系史的坚实基础上，书中第二章即曾发表的长文《20世纪中国新诗中的现代主义》（《文艺研究》，2001年第2期）。在陈旭光看来，“20世纪中国新诗中的现代主义”包含两层辩证意旨：一层是西方现代主义对20世纪中国新诗具有的绝对影响和渊源关系；另一层是中国新诗是在现代中国的特殊语境中产生的，与西方现代主义的文化土壤不同。西方现代诗歌正是在与中国诗歌传统契合的基础上，促发中国诗歌主动选择朝向现代方向转变。鲁西《20世纪中国与西方诗歌的互动和发展》（《广西民族学院学报》，2003年第4期）与之相类，作者将20世纪中国诗歌描绘成了与本土诗歌传统和西方诗歌横纵交错、双向互动的过程，提出了“纵向反叛引起横向互动”“横向互动促进纵向发展”的发展规律，以及未来趋于国际性和多元化的新格局。对于中国诗歌发展规律的总结很有见地。这些研究在逻辑上响应了“中国文学的世界性要素”内含的中国文学与外国文学同步发展、共同参与世界文学现代主义进程的观点。

还有一些文章虽然没有以“中国文学的世界性要素”为题，但突破了中外文学关系史“影响—接受”的惯有模式，而以比较文学专有的多元跨越视野为突出特点。譬如赵毅衡二十多年来有关中西文化交流的一些随笔性文章，2003 年结集成册名为《对岸的诱惑：中西文化交流记》（知识出版社，2003 年 1 月），书中亦有部分篇章发表于 2001—2003 年。作者眼光独到，所关注往往独辟蹊径，为一般文学史家和比较文学者较少留意。赵毅衡的研究既可深入，又能浅出，语言超拔，行文洒脱，字里行间透露出潇洒自如的学院气息。尤其是他的文章往往在有限空间内充盈富于启发性的灵感散片，往往是高浓缩的观点判断，如果充实材料、展开论述，完全可能成为一篇论文，甚至是一部专著。比如在《邵洵美：中国最后一个唯美主义者》中，作者通过寻访邵洵美的后人获取材料，进而追寻邵洵美的唯美主义轨迹，认为邵洵美并不像徐志摩说的像魏尔伦，而是像拉斐尔前派罗塞蒂等“肉感派”。这几乎指出了未来邵洵美研究的潜在方向。在《这个哑巴太会说：英语散文家蒋彝》中，赵毅衡挖掘了被文学史家遗忘已久的旅居西方的散文家兼画家蒋彝的人生，包括他将 Coca Cola 翻译成“可口可乐”的往事，称之为“现代汉语的第一名译”。在《组织成的距离：卞之琳与欧洲文学家的交往》中，作者论及先师卞之琳的诗风与“艾略特—新批评”的渊源，并名之为“新批评复杂语言诗风”，并称 21 世纪上半期卞之琳的诗做到了使中国文学向世界文学的最佳水平“取齐”。文章还追述了 1980 年美国学者汉乐逸以卞之琳研究为题并当着诗人之面参加博士论文答辩的情景。这些亲历的回忆给严肃的学术话语注入了灵性，对我们从世界文学的视野来理解卞之琳乃至中国现代文学具有重要的启发视域的作用。

本土学术路径和文学史研究的反思方面，也出现了一些较重要的文章。

温儒敏《“苏联模式”与 1950 年代的现代文学史写作》(《北京大学学报》，2003 年第 1 期）探讨了 20 世纪 50 年代中国文学史写作的“生产”历史，尤其是苏联正统文学史观的影响，即以社会主义现实主义的标准衡量作家作品，以阶级斗争方式考察文学现象，具有浓厚的政治化色彩。作者通过对此类文学史写作的各种缺失进行了深刻的反思，对近年来文学史研究的突进从比较文学角度做出了有力呼应。王宁《世界文学格局中的 20 世纪中国文学史断代》(《文艺研究》，2001 年第 6 期）从更广大的世界文学格局出发重新对 20 世纪中国文学进行阶段划分，认为当代文学的起点应该划在 1976 年“文革”结束，从而进行文学史重写和经典重构。这当然是极为重要的一个观点，是比较文学学者从世界文学角度对中国文学史观提出意见，理应获得足够的重视。

跨文化的主题学、形象学研究方面，出现了葛桂录《他者的眼光——中英文学关系论稿》(宁夏人民出版社，2003 年 12 月）等重要专著（详见中英比较文学研究部分)。前面所提高旭东《比较文学与二十世纪中国文学》中第三章《比较文学视野中的二十世纪中国文学主题研究》，分别以三节篇幅研究了个性主题、启蒙主题和“围城”主题的中西渊源，以及在 20 世纪中国文学中的具体表现。其他代表性的文章如杨经建、彭在钦的《复仇母题与中外叙事文学》(《外国文学评论》，2003 年第 4 期)，文章认为中外叙事文学中存在三类复仇叙事模式：血亲复仇、痴心女子负心汉式复仇和所谓的“第三类复仇”，并简要分析了其背后的文化根由。

关于东西方文明关系的研究方面，麦永雄在专著《多维视野中的东西方文学》(广西师范大学出版社，2001 年 8 月）的第一章《东西方文明及其关系论》中做出了较有深度的研究。作者梳理了西方语境中“东方”“西方”的历史，厘定了“文化”“文明”的不同侧重，从东西方文明的起源与取向上推演出东西方文明具有同源共生的观点。并从东西方文明的演进与位移过程中提出文明的冲突与文化的交流是一个辩证的历史进程。其时，正值美国学者亨廷顿发表“文明的冲突”观点不久。麦永雄认为，虽然亨廷顿的观点引起了不小争论，但文明冲突的意义要远逊于它们相互渗透和融入的意义，有其正确和深刻的一面，仍然是客观而发人深省的。这篇文章的观点综合了比较文学、文化研究、历史研究等领域的诸多理论和看法，较好地代表了20世纪最初几年中国比较文学界关于人类文明关系的基本判断。

中国比较文学学科的重要创建者乐黛云在2001—2003年间也发表了一系列文章，延续了她以往立足于宏观思考的研究进路及观点。在《全球化语境中的多元文化发展》（《社会科学辑刊》，2002年第1期）、《文化自觉与文明共存》（《社会科学》，2003年第7期）、《多元文化与比较文学的发展》（《江苏社会科学》，2003年第1期）等文章中，作者针对亨廷顿的理论，提出文化霸权主义和文化割据主义两种观点的存在可能给世界带来灾难，人们只有对所在文化系统具有自知之明，承认差异，并对旧文化进行现代诠释，才能真正走向多元文化的共存与对话。她还一再强调“和而不同”的道理，既反对文化霸权主义，也反对文化孤立主义。

随着比较文学中跨文化研究的蓬勃进行，从一般性的跨文化观点升级为跨文明研究也是2001—2003年中西比较文学领域中的重要观点，代表人物为曹顺庆。他在2001—2003年间集中发表的《跨文明比较文学研究——比较文学学科理论的转折与构建》（《中国比较文学》，2003年第1期）、《跨文明研究：21世纪中国比较文学的理论与实践》（《外国文学研究》，2003年第5期，与张德明合著）、《文明冲突与跨文明比较文学研究》（《学术月刊》，2003年第5期，与王敬民合著）、《跨文明比较文学研究的可比性问题》（《求索》，2003年第5期，与杜吉刚合著）等文章中集中表达了自己的看法。曹顺庆认为“跨文化研究”容易招致误会或被滥用，而亨廷顿“文明的冲突”一类提法则过多强调文明的不可通约性，而忽略了不同文明之间可以展开对话的相容性。他呼吁通过“拿来主义”和“送去主义”推进跨文明研究，努力搭建文明平等对话的平台，强调进行“汉语性”研究和异质文化探源等方面的工作。跨文明研究的提出建立在中西比较文学“跨文化研究”为“跨中西异质文化研究”的实质基础上，这一观点得到曾利君《异质文明对话与跨文明比较文学研究》（《学术月刊》，2003 年第 5 期）、唐小林《作为比较文学的跨文明研究的合法性》（《学术月刊》，2003 年第 5 期）等文章的响应。从另一方面看，中西比较文学的所有理论提法和学理反思都要建筑在当下中国文化的现实当中。当下最急迫的问题显然是中华文明融入世界文明的主潮，仅仅通过某种理论的提出便可恢复和振兴中华文明显得过于急切。事实上，中华文明的振兴必然要从文明系统内部的自我更新开始。比较文学的平等对话要以对人类文明大势的审度和尊重为前提。

在这一领域用力颇多的学者是王宁。他的《全球化、文化研究和中西比较文学研究》（《中国比较文学》，2001 年第 2 期）、《全球化、文化研究与中国学者的文化策略》（《中国文化研究》，2002 年第 1 期）、《全球语境中的比较文学——中国的视角》（《江苏社会科学》，2002 年第 6 期）等文章提倡在全球化时代的人文研究尤其是比较文学研究必须采取全球性的眼光和国际化的策略，以更广阔的胸襟吸纳国际前沿的方法及问题，努力促使中国文化和中国文学及其研究成果走向世界。借此作为中西比较文学未来的方向，并对此表示出乐观的态度。王宁素以在国内学界推介西方理论尤其是后现代理论方法著称。他的研究立足于全球视野，非常具有理论性和前瞻性。但也应该看到，西方理论和问题意识诞生于西方文化现实土壤中，中国的理论和问题意识也需要在中国特殊的文化语境中出现，以解决中国文学文化问题为最终旨归。在强调国际视野和西方理论的同时，也需要持续深刻地正视当下中国文学文化的诸种问题。

另外，2001—2003 年流散文学的研究也不断涌现。较有代表性的文章如张德明《流浪的缪斯——20 世纪流亡文学初探》（《外国文学研究》，2002 年第 2 期）。作者选取流亡文学这一 20 世纪世界文学中非常重要的作家流亡现象进行研究，认为流亡作家身上具备流亡经验的双重性和文化上的无根性。作者指出这类文学不仅具有文学意义，还具有寻求“承认”的文化政治意义。关于流散文学研究的增多反映出比较文学的新趋势，对于流散文学采取的跨国别和跨文化的眼光也极大丰富了比较文学的研究思维，值得加以特别留意。

2001—2003年间，以文学人类学研究驰名的学者叶舒宪发表了《知识全球化时代的“古典文学”及其研究》（《社会科学战线》，2001年第6期）等文章，从全球化时代如何对古典文学进行研究提出了自己的看法。论文认为“古典”也是建构的产物，并以月兔神话为例强调当下的古典文学研究应该采取以纸上材料、地下材料和跨文化人类学相结合的三重证据法为根本的阐释策略。他此前发表的论文也以《原型与跨文化阐释》（暨南大学出版社，2002年9月）为名结集出版。户晓辉《贯通中西的学术追求——记叶舒宪先生的比较文学研究》（《中国比较文学》，2001年第4期）一文对叶舒宪提倡的“三重证据法”给予了高度评价，认为他在比较文学的深度拓展和横向开拓方面均做出了重要的贡献。

1.2　中西文学总体比较研究

中西文学总体比较研究立足于对中西文学整体进行宏观概括式的综合比较，一直是中国比较文学研究的重要领域。李岫、秦林芳主编的《二十世纪中外文学交流史》（河北教育出版社，2001年11月）是一部以20世纪中外文学交流的整体发展状况为研究对象的体系性著作。这本书的写作继承了19世纪90年代末“中外文学交流史”的流行写作模式，采取总体架构、集体撰写的方式，全书以70万字的巨型篇幅将20世纪中外文学交流的历史划分为20世纪前夜、20世纪上半叶和下半叶三个阶段。每一编中又分若干章，章中包含若干小节，每一小节以论文的方式选取研究要点，因而全书涵盖了百年中外文学交流史中的近百个研究个案。许多个案为前人所忽视，如“现代儿童文学的外来影响”“‘文革’十年的单向译介”“当代中外儿童文学的交流”等。第三编集中研究了1949年中华人民共和国成立后中外文学交往交流的历史。作者采取纵横交错的结构方式：纵向的时间线索分为十七年文学、“文革”十年和新时期文学三个阶段；横向则对比了海外华人文学、港澳台文学与大陆文学的交流关系。著者以宽广的文学眼光，将台湾、香港和澳门的文学与外国文学的关系单独列章，进行细致研究，这对于开拓中西比较文学疆域、重新整合中国文学的概念及视野，具有重要的意义。由于政治的原因，大陆文学在 20 世纪的一段时期徘徊不前，而港澳台文学以其与西方文学文化交流的便利，沿着自己的轨迹赓续着多元文化的生态，为 20 世纪中国文学贡献了特殊性和能产性的意义，也被作者纳入研究范围。所以，这部书的价值首要在于其研究课题的广泛丰富，或可看作对 19 世纪 80 年代以来中西比较文学研究实绩的一次大总结。将季羡林等学者的研究工作也纳入比较文学的考察范畴，从观念上扩大了比较文学的视野，也符合国际通行的观念。该书的第二点价值在于注重中西文学的交流互动，将中国文学在英国、法国、俄国、美国等诸国的传播作为研究对象，鲁迅、郭沫若、茅盾、巴金、老舍、曹禺和丁玲等现代文学家在国外学界的研究状况也在书中有不同程度的呈现。虽然碍于篇幅，许多个案的研究深度略受限制，但还是能大致呈现中外文学交流的双向意义。该书的导言也是一篇高质量的中西比较文学论文。作者将 20 世纪中外文学交流的基本特征总结为：第一，20 世纪之前文学交流发生在同质文化圈，而 20 世纪中西文学交流重在异质文化圈内进行；第二，20 世纪中外文化交流是不对等、不平衡的，中国文学对西方文学的译介具有更强的系统性。在此基础上，作者进而提出要对文化中心主义和文化相对主义做出全面分析和认真清理，并作为 21 世纪中外文学交流的借鉴，显示出了较为宏大的学术气象。但是，这本书的写作方式是两人牵头、多人合作，由于撰稿者（30 多人）过多，面对如此丰富的论题，全书的理论统括和历史把握就难免略显薄弱；在单篇质量上也显得不够均衡，出彩的章节并不是很多，在许多具体论题上未能取得大的突破。

袁荻涌《二十世纪初期中外文学关系史研究》（中国文史出版社，2002 年 6 月）是一部梳理中外文学关系的研究著作。全书除导言“西方文学输入与中国近代社会思潮”外共六章，分别为“外国文学翻译的基本轮廓”“外国文学翻译的主要类型”“林纾——接触的文学翻译家”“晚清文学变革与外国文学”“近代作家与外国文学”“中西文学比较的最初尝试”。其中既有涉及比较文学中翻译文学的部分，也有中西比较文学的内容。在第六章中作者将晚清视为中国比较文学的滥觞期，是一个有特点且值得深入讨论的看法。该书曾经荣获2005年贵州省第六次哲学社会科学优秀成果奖三等奖。

阎真《百年文学与后现代主义》（湖南教育出版社，2003年1月）并非一部严格意义的中西比较文学著作，但书中提炼出20世纪中国文学中荒诞、变形、解构、狂欢和文本五个基本价值概念，并将其与西方现代主义文学和后现代主义文学彼此参照，就进入了比较文学的领域。该书第一章第三节“中西荒诞文学价值趋向比较”是一篇中西荒诞文学总体比较研究的文章。作者通过对中西荒诞文学的文本考察，将中西荒诞文学的相似性总结为两点：形式的怪诞性和非现实性、价值趋向的否定性和批判性。中国荒诞文学显然受到西方现代主义文学、后现代主义文学中的荒诞要素影响，但是中国荒诞作家是有选择的接受，因而造成中西荒诞文学之于民族、哲学的意义不同。相比之下，西方的荒诞作家则是以一种哲学化的眼光观察世界，在他们笔下，荒诞成为人生和世界的本质，或者是人不可摆脱的宿命。因而，西方作家表现的荒诞是面对整个历史，而不是面对具体的某个国家民族。而中国式的荒诞是作为历史的和民族的寓言，在时空意识上具有相当明确的针对性。作者所举例子中相当多来自1980—1990年的新时期文学，这一期文学刚刚经历过“文革”特殊时期的历史创痛，作家笔触中在政治创伤中的荒诞意味随处可见，荒诞背后的批判锋芒历历可见。作者认为造成这种差异的原因主要是西方文化传统中有抽象的认知方式，中国传统中缺乏形而上思维，习惯在文学中表现干预现实生活的入世精神。另外，西方各国文化渊源相近，容易形成一种突破民族价值的视野；而中国文化传统源远流长，更强调民族之于世界的意义，作家倾向于将荒诞文学朝向中国化的方向努力。将中西荒诞文学作为20世纪中西文学总体比较的话题之一，这的确很重要。该文的写作逻辑是把西方现代派文学作为一个背景，更多讨论的是中国文学接受西方影响的特殊性，因而倒是不落影响研究的窠臼。然而，荒诞之于20世纪中国文学，是文学观念层面的问题，还是文化本性的问题，这需要提前予以辨别。似乎作者应该考虑，当下中国文学仍然处于具体历史当中，仍有许多本质缺陷等待批判与否定，何以当下文学与新时期初期文学渐行渐远，再无荒诞形貌？当我们用西方观念确定某类中国文学是“荒诞的”，然后再去比较这种“荒诞”不同于那种“荒诞”，可能会存在理论预设上的问题。当然，作者对中国荒诞文学之于具体历史还是人类整体的分析还是很有见地的。

中国现代文学是在外来文化思潮和外国文学的冲击之下的巨大变革中破土而出的，研究中国现代作家与外国文学的关系一直是中国比较文学的传统领域，2001—2003 年间结出了不少硕果。刘久明的《郁达夫与外国文学》（华中科技大学出版社，2001 年 9 月）采取的就是这一研究策略。作者将外国文学对五四重要作家郁达夫的影响作为考察重点，全书的五个章节分别探讨了郁达夫与俄国文学、法国文学、英国文学、德奥文学和日本文学的关系，以小节的形式重点论述了他与屠格涅夫、陀思妥耶夫斯基、卢梭、缪塞、感伤主义作家、“黄面志”作家群、王尔德、劳伦斯、尼采、施蒂纳、施笃姆、弗洛伊德等西方作家与创作流派间的关系。作者发掘了以往学界较为忽略的郁达夫与缪塞、施蒂纳、施笃姆等作家的关系，尤其英国“黄面志”作家群是中英比较文学研究中往往忽略的对象。作者能注意其中的道森、大卫森等人对郁达夫生活及写作产生过多方面的影响，这是难能可贵的。此前国内已经出版过研究郁达夫与劳伦斯关系的专著。这本书则是国内学界第一次全方位整理郁达夫与外国文学之间关系的研究著作，既细化也深化了比较文学视野下郁达夫与外国文学的研究命题，也便于我们全面理解和认识郁达夫这位创作风格极为独特、富于个性的作家。作者在每一小节后面都对郁达夫或接受此种影响或“忽略”彼种影响做了概括性的分析，对于郁达夫为何受到缪塞影响却对这位作家不置一词，郁达夫的《迟桂花》受施笃姆的《迟玫瑰》影响等问题，有时分析略显简略、薄弱。这也是寄望于未来研究之所在。

刘介民《类同研究的再发现：徐志摩在中西文化之间》（中国社会科学出版社，2003 年 1 月）以现代诗人徐志摩与外国作家、流派的文学关系为研究对象。该书可以大致分为三部分，引论部分分析“徐志摩热”的由来，并在此基础上提出了以徐志摩为个案的“类同研究”的研究思路。第二部分包括第一、二两章，分别研究徐志摩留学经历和远赴国外的历程，以及通过翻译等其他手段获取外来文学文化的营养；第三部分即第三到第五章，分别名为“个体的直接影响”“个体的间接影响”“群体的总体影响”。所谓直接影响，即罗素、哈代、泰戈尔、邓南遮、曼斯菲尔德五位与诗人有过往来甚至关系密切的外国作家；所谓间接影响，即关注在精神气质、艺术态度等方面感染诗人的外国作家，如拜伦、雪莱、济慈、彭斯和华兹华斯；所谓群体的总体影响，即浪漫主义、维多利亚时代文学传统和唯美主义对徐志摩文学发生的作用。该书作者是19世纪80年代中国比较文学学科勃兴期的重要参与者，在比较文学学科理论等方面颇有建树。中国比较文学学者的一个特点是学科研究者多习惯倡导理念、讲求方法，在个案研究方面往往乏于集中著述；而对中国现代作家进行比较文学个案研究的学者，大多出身于现当代文学专业，即从中国文学本土立场出发，运用比较文学视野及方法进行跨文化研究，但如陈思和等对研究方法有所反思之人少之又少。刘介民作为资深的比较文学理论研究者，具有很强的比较文学学术意识，他提出平行研究中包含“类同”（Similarity）和“相异”（Dissimilarity）两种元素。“相异研究”作为影响研究的“必然性”与“合法性”；“类同研究”则是平行比较研究的基础。在这部著作中，作者从比较文学的影响研究出发，也充分借鉴了比较文学学科理论中对影响研究的多样看法。在对徐志摩与外来文化及作家的关系把握上，作者是颇具匠心的，“个体的直接影响”“个体的间接影响”“群体的总体影响”的研究模型可谓是仔细斟酌后的结果。“类同研究”的提法也有助于我们在比较文学方法论上的思考，有所缺憾的是全书各章节也未必完全贯彻引论中“类同研究”注重相似性的观点。

杨扬的《现代背景下的文化熔铸——闻一多与中外文学关系》（福建教育出版社，2001年12月）主要研究现代作家闻一多接受西方文化和在外国文学影响之下进行文学书写的过程与特性。作者在前言中着力强调研究此类课题必须结合20世纪中国文化特有的现象，要充分考虑具体作家接受西学的差异性，不能用简单的历史发展观来加以判断。这一观点在对待类似研究问题也是同样适用的。书中首章“清华、北美学风与闻一多文化个性的形成”通过较为翔实的历史材料，介绍了早年闻一多通过清华学习赴美留学三年的经历。作者认为在最初的一年，闻一多主要受芝加哥意象派诗人、美国大学教师和同时留美的中国学生三类群体的影响，在与其他旅美学人如梁实秋等人的切磋过程中主要受到白璧德新人文主义的影响，而非杜威之实用主义。作者采取将清华学风与闻一多所在的芝加哥大学学风相联系的研究手法，从文化环境和学校风气作用方面理解早期的闻一多，这种研究思路富于新意。第二章以《死水》为中心研究闻一多如何将中西诗歌熔炼在自己的现代白话诗中。作者通过翔实的文本考证和周密论证，断定闻一多为纪念早夭的女儿所写的诗作《忘掉她》是受了美国诗人狄丝黛尔的影响。鉴于这首诗和狄丝黛尔的知名度与影响都很有限，可见杨扬考证的细微之处。作者还认为，《死水》中的意象运用表明闻一多善于通过理智的控制来驱遣感情，通过想象表达感情，而不是直接宣泄。《死水》中闻一多主张对诗歌语言进行改造与创新，他以四音步（书中称四音尺）来安排诗行，采用口语化和戏剧化的方式，都是融合创新的结果。第三章“闻一多现代格律诗论的中西诗学渊源”中，作者分析了闻一多对新旧诗组织结构不同而引起音节差异进行开拓研究。闻一多推崇中国诗人杜甫，是因为杜甫诗歌体现了闻一多心中律诗的完美性。作者还认为对闻一多诗歌格律观点影响最大的是英国浪漫主义诗学和美国意象派诗歌主张。前者主要是华兹华斯、柯尔律治的诗论和济慈的诗歌创作；后者主要是爱米·洛威尔的六点诗学主张和弗莱契的诗作。闻一多尤其强调诗歌格律的审美作用和音乐性，这是受意象派的启示。作者对闻一多现代格律诗论的意义有三点评价，认为现代格律诗论的提出丰富了五四以来人们对诗歌的认识，也改变了新诗写作初期片面接受西方诗学的做法。该书的特色在于每章均有十分详尽的学术注释，符合国际通行规范，体现了扎实严谨的学术态度，这是第一个特点。作者对研究对象的学术背景和文本材料有准确到位的把握，站在相关学术研究的制高点上，使得这本不厚的小书具有相当的学术厚度，这是第二个特点。作者旁征博引、条分缕析，行文叙述流畅，可读性很强，这是第三个特点。

范方俊《洪深与二十世纪中外现代戏剧》（文化艺术出版社，2003 年 10 月）是作者在北京师范大学中文系博士后论文基础上修改完成的专著。作者认为目前国内并不乏对易卜生、奥尼尔这些对中国现代戏剧产生巨大影响的外国戏剧家的专题研究，但较为缺乏在中外戏剧的相互渗透影响的宏观视野下，对最能够反映中国现代戏剧历史发展线索的本国剧作家的专题研究。在作者看来，最有资格的研究者莫过于对写作剧本、导演作品和舞台表演均能驾轻就熟的欧美戏剧留学第一人洪深了。在该书中编“洪深与欧美现代戏剧”中，作品用三章的篇幅分别勾勒了洪深与奥尼尔、斯坦尼斯拉夫斯基和布莱希特三位现代戏剧大师的关系。作者论述了奥尼尔与洪深均师出哈佛贝克教授门下，在“英文四十七”课堂学习，但二人不仅学习态度迥异，日后戏剧道路也大相径庭，这是个性、时代需求和艺术观念等多方面因素造成的；同时作者指出二人在创造两国现代民族戏剧的内在精神上毕竟有契合之处。洪深对斯坦尼斯拉夫斯基的表演体系十分重视，在他亲手开设的研究演剧理论的书单上，斯坦尼斯拉夫斯基赫然在列。作者研究发现，洪深的戏剧活动晚于斯坦尼斯拉夫斯基，但导演观沿用的是曾被对方摒弃的专治导演体制；对表演究竟是表演技术还是艺术创作，二人也有重大分歧。这一章最重要的部分是最后一节“解构‘斯坦尼斯拉夫斯基体系’的神话：洪深与斯坦尼斯拉夫斯基”。作者尖锐地指出，斯坦尼斯拉夫斯基的戏剧观建构在契诃夫这样高超的剧本创作合作者基础上，而洪深最大的悲哀在于没有与之相配合的剧本。第六章中，作者认为布莱希特与洪深的关系似乎不如前两位戏剧家密切，因而基本采取平行研究的方法进行戏剧理念的比较研究。在文章末尾，作者纠正了以往学界的错误认识，即认为布莱希特对中国戏剧影响是 20 世纪 50 年代之后的事情。事实上在 19 世纪 30 年代布莱希特的名字已被国人注意，19 世纪 40 年代戈宝权等人已经翻译了他的一些剧作。虽然作者也有一些拿不准的表述，譬如不能完全判定洪深在解读德国表现主义戏剧时是否有意漏过布莱希特，但可以想象，如果不采取比较文学的思维进行研究，研究中国现代文学的学者没有足够参照系，也就不能真正认识现代作家。研究外国文学的学者也不会通过中国作家的镜鉴作用，全面把握外国作家对中国文学发生影响的完整轨迹，这恰恰是比较文学念兹在兹的可比之处。

以上几部著作均为个人独著，以中国现代作家及关系较大的外国作家之间的研究为主要策略，此外还有以反映现代作家与外国作家全面关系的比较文学著作问世。王吉鹏、李春林主编的《鲁迅与外国文学关系研究》（吉林人民出版社，2003 年 10 月）就是这样一部以全面著称的著作。由于鲁迅在中国文学史上的显赫地位，19 世纪 80 年代以来，关于鲁迅的比较文学研究一直处于比较活跃的状态。乐黛云、王富仁、高旭东等重量级学者或编译或独著，在相当长时间内将相关研究推进到了相对领先于其他作家与外国文学关系研究的特殊地位。李春林的《鲁迅与陀思妥耶夫斯基》也是当时的一部力作。《鲁迅与外国文学关系研究》一书在李春林、王吉鹏等作者前期研究基础上，对鲁迅与外国文学关系做出了全面细致的整理和研究。该书近 900 页，70 万字，分上下两编。上编主要研究鲁迅与世界文学诸多流派之间的关系，占全书七分之一的篇幅。七分之六的篇幅集中于下编，具体研究鲁迅与东西方各国作家的关系，以有事实联系的文学影响关系为主。据作者介绍，与鲁迅发生事实联系的外国作家总计有 479 位，该书选取了其中 66 位外国作家。除去 9 位东方作家，该书以大篇幅全方位地研究鲁迅与 57 位西方作家的文学关系，分别是 9 位俄罗斯古典作家、14 位苏联“同路人”作家、8 位苏联无产阶级作家、6 位东欧作家、5 位北欧作家、5 位德语作家、6 位西欧作家、2 位南欧作家和 2 位美国作家，不可谓不详细。作为 2001 年国家社会科学基金项目成果，该书以鲁迅与外国作家的全面性、事实性关系为研究对象，材料上巨细不遗，对 19 世纪 80 年代关于鲁迅的比较文学研究进行了大规模的综合概述，这是非常值得提倡的。而且，该书对鲁迅与俄苏作家的关系挖掘较为细致，譬如与 14 位“同路人”作家的关系研究，即便是鲁迅专家恐怕也未能尽述其详。该书后记还描述了作者克服诸种困难坚持完成著作的种种艰辛，体现了献身学术、矢志不渝的情怀，都是十分令人敬佩的。然而，正是由于该书采取“地毯式”的研究策略，在具体话题的选择上也会有所遗憾。譬如《摩罗诗力说》里提到的拜伦、雪莱等“恶魔派”诗人显然为鲁迅所推崇，书中竟然没有列为专节，或许是作者考虑到高旭东《鲁迅与英国文学》中已有精深之见的缘故？另外，该书由25位作者合作完成，各节质量难免参差不齐，这也是所有合著的普遍问题。

此外，方涛《精神的追问——中国现代主义诗脉》（南海出版公司，2002年1月）也涉及李金发、卞之琳、九叶诗派和当代新诗的外国文学源头，但总体来说没有超过以往研究。

这方面的研究论文有很多，譬如黎跃进《谢冰莹与外国文学》（《湖南大学学报》，2002年第6期）、《简论沈从文对外国文学的借鉴》（《湘潭大学学报》，2003年第5期），袁荻涌《苏曼殊与外国文学》（《青海社会科学》，2001年第5期）、《苏曼殊研究三题》（《贵州师范大学学报》，2001年第2期）、《王鲁彦与外国文学》（《贵州师范大学学报》，2003年第6期）等。可以说，几乎没有哪一位中国现代作家与外国文学之间的关系被从事中西比较文学的学者所忽略，值得思考的是怎样把这类研究引向深入。

西方文学对中国古代文学的影响，以往研究数量有限，成果也不显著。向彪《曹寅与西学的接触及其对曹雪芹的影响》（《红楼梦学刊》，2002年第2辑）是一篇值得注意的论文。作者通过详细的史料考察，指出曹寅一生包含四条接受西方文化的通道，不仅在他的诗文中留下了痕迹，还对其孙曹雪芹未来创作《红楼梦》产生了影响。结合《红楼梦》中的具体例子，作者对这种影响关系做了较为详细的描述，为以往红学研究较少注意。

中国文学中的西方形象研究也是这一期中西比较文学中较为突出的领域。进入21世纪，中国比较文学在各领域均朝着精细化的方向发展，中西比较文学也出现了整体文学比较向以地方性、差异性为特征的地方区域文学比较方向发展，中国地方区域文学与西方文学的关系出现了比较集中的研究著述。

胡小林、张伯存和姜智芹合著的《山东文学的域外镜像》（山东文艺出版社，2003年8月）是国内第一本此领域的专题著作，从国与国的比较文学走向地域、区域的比较文学也是中西比较文学朝着更为细致方向发展的必然结果。该书试图将20世纪山东文学置于全球化和世界文学的宏大图景中，借助“他者”视角对山东文学进行外部与内部相结合的比照研究。书中第三章从总体上分析了山东文学与俄罗斯文学之间的三点共性，较有启示意义。作者认为，山东文学受俄罗斯文学影响较多，原因其一是山东作家特别是新时期山东作家具有深沉高远的道德理想主义共性，他们的道德理想趋于理想化的社会道德状况和高洁的人格操守。山东文学中的道德具有宗教性或准宗教性的终极价值，这与俄罗斯文学的道德主义传统是相似的。其二是山东作家与俄罗斯作家都具有文化守成主义立场。其三是山东文学与俄罗斯文学在精神品格上都具有鲜明的人道主义精神和底层关怀。这一研究以俄罗斯文学为镜鉴，勾勒出山东现当代文学的共同品质与精神本色。如果从山东文学或中国文学内部不容易获得这样的认识，这说明比较文学之于中国文学及地域文学研究具有启发性的推动作用。作者也注意到了山东作家在接受域外作家与文学影响过程中的文学变异现象，这些都是此领域中较为普遍的学术问题。该书的不足在于多人合作导致各章用力不均，有些章节中所谓的“域外镜像”只是简单呈现了山东文学的外来文学影响，而缺乏对山东文学区域特征的分析与概括。譬如张炜和莫言都接受了魔幻现实主义的影响，何以二人的文学世界有如许不同？他们接受这些影响后又如何分享山东文学的共性？即便是山东文学内部，是否也存在需要深入分析的地区文化差异？当然，这也受制于此类合作著作各章平行编排的体例。

这类文章还包括黎跃进的《湖南文学与外国文学比较研究综论》（《湘潭大学社会科学学报》，2001年第4期）等。黎文不仅总结了湖南文学与外国文学的关系，还自觉地反思区域文学与外国文学的比较研究是否有悖于比较文学研究精神的理论问题，认为从本土出发的比较文学研究有利于区域文学精神的提取。

西方文学中的中国形象领域也有不少重要论文出现。张西平的《基歇尔笔下的中国形象——兼论形象学对欧洲早期汉学研究的方法论意义》（《中国文化研究》，2003年秋之卷）主要研究17世纪欧洲著名学者基歇尔的《中国图说》等著作，以图画方式向西方输出关于中国的形象与观念。作者是中国海外汉学研究的健将，对研究对象的创作背景和书写形式把握均比较到位。

西方汉学中的中国文学研究这三年中有较大发展。随着中国与域外汉学研究的加深，西方汉学家对中国文学的研究成果也慢慢融入中西比较文学的研究领域。何寅、许光华主编的《国外汉学史》（上海外语教育出版社，2002年3月）对英国、法国、北欧等国家地区汉学家们在中国文学翻译研究方面的成就均有详细介绍。譬如该书中编部分研究了法国汉学对中国文学的译介、英国学者翟理斯的文学史研究等，下编部分整理了苏联汉学对中国文学艺术等方面的研究。这部著作并不以局部观点的突破见长，而旨在汇总已有研究资料、呈现国外汉学发展历史的整体面貌。我们可以发现，汉学家们的中国文学研究已经成为海外汉学的中坚。当然，汉学家的视角不同于国内学者，除了天然地具有跨文化视野，他们能够有意识地容纳多种研究手段，而不单以文学论文学的思维也值得国内学者借鉴。王晓路的专著《西方汉学界的中国文论研究》（巴蜀书社，2003年1月）属于比较诗学研究，书中前三章也涉及中国文学尤其是古典文学在德国、法国和英语世界受到欧洲汉学家重视并出现高质量研究的情况。刘跃进的《近年美国的中国古代文学研究掠影》（《福州大学学报》，2001年第1期）对美国汉学研究中国古代文学的历史、贡献及价值均有清晰的描述与评判。李逸津的《世纪之交的俄罗斯汉学—文学研究》（《俄罗斯文艺》，2002年第5期）对俄罗斯近年翻译和研究中国文学的著作有所介绍。作者指出这些研究改变了苏联时期的做法，对西方文学研究手法有一定的借鉴。温国强的《海外汉学研究出版物一瞥：1978—2000》（《图书馆杂志》，2001年第11期）为这方面的研究做了充分的资料工作。王宁的《中国现当代文学研究在西方》（《中国文化研究》，2001年第1期）探讨了中国现当代文学在西方汉学界尤其是在北欧和北美汉学研究中受到重视的状况。作者延续了以往文章的理论深度，分述了西方汉学中关注的中国文学问题，包括关于中国文学与现代性，后现代主义、后殖民主义与中国，文化研究与中国当代文化文学批评建构，文学与影视传媒比较研究等。通过他的文章，我们对中西比较文学的若干动向或许可以有所领会。

中国文学在海外的传播研究也有一些文章问世。雷威安与钱林森的《中国古典文学在法国的接受——法国著名汉学家雷威安一席谈》（《中国文化研究》，2001 年冬卷）介绍了《西游记》在法国翻译和传播的基本情况。德国学者吕福克的《西方人眼中的李白》（《文史知识》，2001 年第 10 期）介绍了西方人翻译和接受李白的一些情况，许多内容为国内学界所不熟悉。羽离子的《李渔作品在海外的传播及海外的有关研究》（《四川大学学报》，2001 年第 3 期）对李渔作品海外传播做了全景式的描绘，作者自称是目前最齐全的总报告。

1.3　中西各体文学比较研究

这三年间的中西各体文学比较研究包括对中西方小说、诗歌、戏剧、神话、散文、笑话、报告文学等多种文体的比较研究，各有成就。

其中，针对史诗的比较研究较为特殊。史诗尤其是西方史诗与叙事性文体关系密切，史诗的韵律节奏与诗歌相关，原始史诗关涉到神话与民间文学，文人史诗的有无问题又涉及文学系统乃至文化系统的整体观察。因而，比较史诗研究处于比较文体学最为核心的地带，与若干领域都有牵连。王国维等学者提出“中国史诗”问题的学术公案绵延百年，早已内化于中国比较文学学术传统，是学界公认的学术难题。针对这一问题，新加坡学者萧驰的《〈大雅〉与史诗》（中国诗经学会编：《第五届诗经国际学术研讨会论文集》，学苑出版社，2002 年 8 月）提出了自己的看法。作者通过对西方史诗序列主要作品的考察，认为史诗的宇宙意识需要在时间向度和叙事学的时间向度间并存，否则史诗就无从谈起。在此理论基础上，作者不同意陆侃如、冯沅君在20世纪30年代提出的《大雅》中某些篇章可以组成“周的史诗”的观点，也不认为屈原的《天问》属于史诗行列。作者对这一经典学术问题的各类观点了然于胸，对西方文学的熟稔程度也是显而易见，因而文章显得十分厚重。但可以想见的是，定会有人质疑为什么要以西方眼光作为史诗的唯一标准。或许这个问题仅仅通过比较文体学是不可能获得答案的，需要比较诗学等多个领域的共同介入。但无论如何，海外学者的研究一扫国别地域的视野局限，使中国文学研究真正成为世界性的学术。

从总体研究规模上看，中西小说比较研究一直是中国中西比较文学研究中最重要的部分。前文关于中国文学的世界性因素和现代性体验等方面研究多以现代小说为基本载体，实际上与中西小说比较研究多有交叉。此类研究多付诸专著形式，这里以这三年中学术论文的贡献为主要介绍对象。

在中西小说平行研究方面，王成军的博士论文《纪实与纪虚：中西叙事文学比较》（百花洲文艺出版社，2003年12月）属于江苏省“十五”社会科学研究重点工程项目成果之一，对中西叙事文学以“纪实”与“纪虚”的术语加以概括，认为西方叙事以虚构为源，中国叙事以实录为源，而统一在“纪”即叙述的层面上。书中各章探讨了传记文学的若干概念、中国传记文学的渊源、梁启超与传记文体革命等。著作进而提出了一个大胆的观点：文学的本质属性是纪实而非虚构，虚构只是文学理论中的伪命题，在第十六章中声称“一切叙事皆是纪实”。总体印象上，这本著作涉及叙事学、传记研究和历史研究的诸多理论。作者似乎完全不受文体和语境的界定，全书显得天马行空，因而带来结构较为散漫、逻辑不够严谨的问题，核心观点的表达也有欠充分。但作者敢于对中西叙事文学比较这类不易把握的研究对象发表宏观性的意见，还是值得肯定的。

在单篇论文方面，张素珍的《纪实小说：国际性的文学现象——兼评美国的新新闻主义和中国的纪实小说》（《外国文学研究》，2003年第3期）对纪实小说的比较研究，为以往中国学者少有留意。文章主要分析了20世纪美国的纪实主义书写潮流，并同比中国新时期纪实文学，肯定这种新型文体的社会价值。但作者认为文学从虚构向非虚构转变是世界文学的大趋势这一观点，还有待讨论。其他较为新颖的题材还包括陈钦武的《美国的“哥特”体与中国的“志怪”说》[《淮北煤炭师范学院学报》(哲学社会科学版)，2003年第3期]、李建的《〈伊利亚特〉与〈江格尔〉战争描写之比较》(《龙岩师专学报》，2003年第4期) 等。

周成平的博士论文《20世纪中国小说的社会学研究》(何永康教授指导，南京师范大学文学院2003年5月博士论文答辩) 主要研究20世纪中国小说在社会学发展方面的特征。其中第一章下篇“20世纪中国小说与现代西方小说的社会学比较研究”是这一领域探讨的话题。作者认为中国小说与现代西方小说存在五个社会学方面的差异：在认识和对待小说特性方面，20世纪中国小说更看重社会功能，西方小说更重视艺术功能；在小说对人的认识和表现上，中国小说更有历史沉重感，注重发掘人的社会性内涵，西方小说则相对轻松地面对人的本性；在小说思想主题阐发上，中国小说倾向于某个历史时期的主导意识形态，西方小说则从人类社会发展共性和许多根本方面进行阐发；小说创作倾向性方面，中国小说常常有明确的倾向，社会批判比重较大，西方小说则有更多自由；在作家与社会关系上，中国作家多有政治追求，有的还有政治依附性，西方作家则更为独立。虽然作者在一些问题的表述上似乎并未有更多新见，但以文学与社会学的关系作为红线，系统对比20世纪中西小说，还是很有价值的。当然如何避免此类研究往往顾及大的方面，而忽略许多个体性和差异性要素的存在，还值得继续思考。

西方文学影响中国现当代小说方面，黄薇的《沟通中西侦探小说的桥梁——程小青》(《学海》，2003年第2期) 较有特色。作者肯定了程小青不仅是传播《福尔摩斯故事集》等西方侦探小说的先驱，还创造了《霍桑探案》这样的作品，具有开放意识、科学态度和现代人的精神。

这三年间，中西诗歌比较研究成绩斐然，首推辜正坤的《中西诗比较鉴赏与翻译理论》(清华大学出版社，2003年9月)。该书篇幅巨大、包蕴深广，既有宏观俯瞰，又有微观剖析，是作者积数十年翻译、研究中西诗歌的总结性著作，也是作者在中西诗歌比较研究领域具有建构作用的体系性著作。该书对中西诗歌进行比较研究的部分主要集中于卷一“中西诗歌鉴赏与比较理论”，通过对古今中西诗歌的系统研究与翻译对比，提出了“诗歌鉴赏五象美论”“中西诗歌鉴赏十角度”“中西诗五功能”“中西诗鉴赏五标准”。“五象美论”是指中西诗歌的“视象美”“音象美”“义象美”“事象美”“味象美”；“鉴赏十角度”是从时间、空间、作者、作品、读者、年龄、性别、社会文化、阐释者和译者十个视点为中西诗歌的鉴赏提供了具有敏感性的鉴赏角度。作者概括出具有当代特点的诗歌五功能，即纯审美功能、娱乐功能、教谕功能、认知功能和实用功能。并进一步提出“把趋向于纯审美但偏重纯娱乐的诗歌称作阳性诗，把倾向于纯审美但偏重于伦理性、认知性的诗称作阴性诗，把只重纯审美的诗叫作元诗，把只重认知性或实用性的诗叫作泛诗”，并用一条直线表现为“元诗—阳（阴）诗—阴（阳）诗—泛诗”。进而又凝练出五个诗歌鉴赏标准，即纯审美标准、娱乐标准、教谕标准、认知标准与实用标准。诗歌的五种功能之间相互依存、补充，鉴赏的标准也将随着这些变化以及采取的十个角度的重点不同而发生变化。总之，标准与功能会由于诗歌欣赏过程中内外因素的作用而发生位移与变化，因而是相对的。作者有极为丰富的中西诗歌互译经验，因而书中对中西诗歌视象、音象等问题的研究具有很强的问题感和针对性。正是基于这个原因，书中新见迭出。比如作者举出古今中西诗歌的二音、三音、四音、五音诗，通过实际翻译总结出：“在诗歌外部视象审美层次上，汉语在世界上具有至高无上的地位；而印欧语由于过分符号化，在这方面已经退化到了一个落后的层次上。”（第18页）“五象美论”和用阴阳理论理解诗歌辜正坤在20世纪90年代就已提出，有一定反响，但作者不断在研究实践中丰富和深化，形成中西诗歌比较领域中最富有体系感的整体研究。显示了作者具有极其深厚的汉语和英语文化传统的根底，是真正打通中西诗歌、体现“比较”特色的比较文学研究，也是对人类诗歌的系统化、整体化构建，具有重要的理论意义和实践意义。这本书作为国家社会科学基金项目，专家评审的鉴定意见予以极大肯定：

“此成果‘抓住东方诗歌和西方诗歌传统’‘系统全面地构造出了诗歌美学框架’……‘达到了国内的最高水平’，‘称得上是自成一家的理论体系’……‘填补了此领域的空白’。”（第18页）

中西诗歌文体方面的比较研究是中西诗歌比较研究中的重点。与辜正坤典型的平行研究近似，陈本益在这几年中连续发表的多篇论文主要建筑在这个领域，包括《汉、英诗节奏的若干比较》《汉、英诗韵的若干比较》等文章，收入《中外诗歌与诗学论集》（西南师范大学出版社，2002年4月）一书中。其中最有价值的部分在于汉英诗歌格律方面的比较研究。作者认为，英诗的节奏主要是重轻节奏，汉诗的节奏主要是顿歇节奏；英诗跨行主要是为了制造重轻音形式，现代汉语格律诗的跨行现象较多，更近于英诗的跨行，目的则是造成顿歇。由于英汉诗体格律上的特点，在翻译过程中必然发生节奏形式的变化，英诗译成汉语，重轻音规律须由顿歇规律替代；汉诗译成英语，顿歇规律则需要改为重轻音规律。由于这种格律上的不同，英诗不像汉诗那样依赖韵脚。押韵数量上，汉诗主要押单音韵，英诗主要押双音韵；对押韵方式总结为交韵、抱韵是英诗韵式的特点，隔行韵则是汉诗韵式的特点。作为艺术研究，文学研究既要总结艺术本体创作规律，又要充分注意诗人的个性和诗歌的特殊性，有时候在细节问题上总存在各种分歧。

陈本益的研究一方面立足于对胡适、徐志摩、闻一多、陈梦家、林庚等五四前后诗人在新诗领域探索的具体分析基础上；另一方面从比较文学理论层面触及现代汉语诗歌节奏、音韵等核心理论问题，具有较大的价值。但是，这类研究存在的问题也是显而易见的。作者立论的文本往往取自新诗，对中国古诗运用较少，作者提出的汉语诗歌的规律主要是对新诗的提炼总结，因而不能称作汉英诗歌比较，而只是现代汉语诗歌与英语诗歌的比较。

西方诗歌影响中国现代新诗，或中国现代新诗如何在中国文学现代转型过程中发生与成长，如何吸纳西方诗歌的营养并建立汉语诗歌的格律与节奏，一直是当代中国比较文学学者孜孜以求的研究话题。除去前面讨论过的如何理解中国新诗与西方诗歌的关系，对于西方诗歌尤其是英语诗影响中国新诗的作用与效果方面，也有学者专门进行过思考，其中比较有代表性的一位是王珂。他的论文《论英诗形体对中国新诗的影响及其在中国的文体变异》（《四川外语学院学报》，2003年第4期）认为英诗的文体形态成为中国新诗的原始形态，在诗段、诗节和诗句的写作方式上，直接影响了中国新诗。但伴随翻译、借鉴等移植过程，也发生了一些变异。在另一篇文章《论英美意象派诗歌对中国新诗初期诗体的影响》（《思想战线》，2003年第3期）中，王珂还指出英美意象派诗歌对中国新诗草创时期的负面作用，诗体的自由化和内容的平民化导致新诗过度的自由化和散文化。这也是诗歌影响研究渐趋深化的良性表现。

江弱水的《中西同步与位移：现代诗人丛论》（安徽教育出版社，2003年8月，部分章节同时发表在《文学评论》《外国文学评论》等刊物上）一书也以个案研究为主。作者选取徐志摩、闻一多、戴望舒、卞之琳、何其芳、冯至、穆旦七位现代诗人（附录中还包括当代诗人北岛）与外国诗歌发生关联的某一侧面展开研究。在国内比较文学学者当中，江弱水是文笔相对突出的一位。这本书作为一本研究性著作，也很讲究文字的优美，将诗作、译诗和理性叙述加以有机融合。其价值是用“美的语言”来理解“诗歌的美”，优胜之处正在于诗歌的审美感悟方面。譬如从诗歌的美感气质方面来理解徐志摩更近于雪莱，而不似济慈等。这是国内同类研究过于拘泥于逻辑说理而全无文学之美的文字所无法比拟的。

在诗歌传播研究方面，还包括陈尚真、赵德全的《十四行诗的英国化进程》（《燕山大学学报》，2001年第4期），分析了十四行诗在英国本土化150年的历程，不仅划分了传播和发展阶段，还对各阶段主要人物的贡献有所概括。这一话题过去虽有学者涉猎，但这一篇相对完整，脉络更为清晰。我国学者在20世纪曾就“十四行诗在中国”做过一定的专门研究，对十四行诗这种世界性文体还需要更具广度的把握，这篇文章做了一个好的示范。

中西诗歌比较研究领域还有一些新论题出现。陈伟的《中国基督教圣诗发展概况》（《中央音乐学院学报》，2003年第3期）着重介绍基督教新教圣诗在中国传播、发展的历史，将这一历史视为基督教本土化的过程，并对中国圣诗发展进行了比较详尽的分期。这篇文章资料翔实，脉络清晰。王珂的《论中外诗歌中形异及形异诗的价值》（《南京社会科学》，2002年第6期）就中西诗歌史上存在的打破常规字、词、句、节，按照特殊形式排列的一类诗歌展开研究，分析了其价值和追求自然形式的特点。这些论文的论题基本为前人未曾涉及或较少涉及，表现了我国学者对一些边缘问题足够的学术敏感度，客观上也丰富了中西比较文学的视域。

在中西诗歌平行比较方面，学者们更多关注中西诗歌主题、意象等诗歌本体艺术上的比较，以及诗歌背后所属的文化系统之间的比较。代迅的《形态差别与文化渊源——中西诗歌爱情主题探究》（《学习与探索》，2001年第6期）认为中国传统诗歌主题为忠君爱国，西方诗歌则为爱情。这是因为西诗的爱情传统与骑士文学有关系，而中诗情感表达较为理性和逻辑化，不若西诗大胆袒露，背后透露着深刻的文化差别。范莹的《从诗歌意象管窥中俄文化差异》（《解放军外国语学院学报》，2003年第2期）是透过俄诗中的崇高意象和中诗中的自然意象，分析中俄文化上的若干特点。李丹的《余光中与佛洛斯特比较谈》（《诗探索》，2003年第3—4辑）对这两位中西诗人进行细致比较，也为前人所未发。

尤其是汉语和英语诗歌的平行比较，许多中国学者都表示出了足够兴趣，多以诗歌意象比较为主。张悦、胡志清的《论中英文诗歌视觉意象创造的异同》（《外语教育》，2002年第1期）将诗歌意象统分为绘画型和描述型两种。认为前者在中国古诗中较多，后者在中英诗歌中广泛存在，这背后也有文化差异作用使然。李顺春的《中英诗歌意象分类之比较》（《内蒙古大学学报》，2001年第1期）认为按照人的感官，中英诗歌可分为听觉意象、视觉意象、味觉意象、嗅觉意象、触觉意象、动觉意象；按诗人选取意象的方式，则可分作单一意象、比喻意象、描述意象、象征意象和通感意象；按组合方式，可分为叠加意象、并列意象、拼合意象和辐射意象。李顺春的另外一篇文章《诗人感物，联类不穷——中英诗歌中感觉通感分类比较》（《内江师范学院学报》，2001 年第 3 期）专在通感类型上大做文章，根据人类感官的组合方式，分为十种类型。这方面还值得注意的文章有王晓军的《英汉诗歌语音表意功能的通性》（《洛阳工学院学报》，2002 年第 4 期）和王改娣的《英诗中夜莺与汉诗中杜鹃之意象观照》（《四川外语学院学报》，2002 年第 6 期）等。

文体领域还有一个中间地带的品种，即散文诗。王珂对中西散文诗的比较研究也很关注，在《论外国散文诗的文体生成及对中国新诗文体建设的影响》（《东方论坛》，2003 年第 3 期）一文中认为中国散文诗主要是西方散文诗文体中国化的结果，但中国偏重于诗，与西方偏重散文不同。由于“散文诗”译名中心词为诗，造成中国诗界普遍将此种文体视为诗歌的一个品种，故而在散文体和新诗两方面建设上引起一些混乱。散文诗的确是 20 世纪中国文学的新品种，以往的研究对于文体的西方渊源与中西文体关系辨析不足，造成了学界和一般读者认识上的模糊。这篇文章的出现有效地厘清了这一问题，是一篇颇有分量的力作。

2001—2003 年，中西戏剧比较研究的成果尤其显著。事实上，中国现代戏剧研究某种程度上就是在比较文学的视野和理论指引下奠定的学术基础。20 世纪初，丝绸之路戏剧考古的重大发现，王国维在《宋元戏曲考》等著作中对外国戏剧之于中国戏剧重要影响的观点，加之学界文学史观念的演化，戏剧从边缘民间渐渐步入学术研究的中心地带，成为中国文学史叙述中的重要部分。2001—2003 年，中西戏剧比较研究的最大成果是李强《中西戏剧文化交流史》（人民音乐出版社，2002 年 9 月）一书的问世。该书体量巨大，内容扎实，是作者二十余年中西文化交流史研究成果的集中展示和体系描述。著作以六十余万字的篇幅将中西戏剧文化交流历史，尤其是丝绸之路戏剧交流的历史勾勒出来。首先，著作采取“泛戏剧”的戏剧形态观，对于传统的戏曲、歌舞、表演等样式采取了相对宽容的态度，从文献、文物、理论、田野考察等多个途径入手，尽可能多地搜集与戏剧相关的各类各型材料，具有广泛的比较文化学视角。作者几乎走遍了新疆全境，对丝绸之路各线各站的历史如数家珍，通过丰富详密的田野考察实践，去捕捉和把握丝绸之路戏剧发展的诸种信息，甚至参加过一些民间戏剧的现场表演。事实上，对作为曾经“活形态”的戏剧进行研究，必须兼顾剧本、史料、表演及田野考察的多层面进路，这也是戏剧研究的特殊性使然。其次，该书从比较研究的立场出发，努力寻找中国与西域诸国、诸地区、诸民族，乃至欧亚诸国的戏剧文化关系，在体例上采取“横排竖写，经纬交织，以地域文化板块划分来描述中西或东西方戏剧或者‘丝绸之路戏剧’；以历史编年与人类文化研究原则贯穿著作始终”的宏观结构，进而提出了“‘丝绸之路’戏剧文化体系”的构想。同时，作者具有卓越的比较文学思维，善于对戏剧传播的具体地理通道着手，并从人类戏剧交往交流的整体进行思考。这使得他的研究以丝绸之路戏剧为基点，但又大大超越了丝绸之路戏剧。譬如对古希腊罗马戏剧、古巴比伦戏剧、古埃及戏剧、古波斯戏剧、印度梵剧、犹太戏剧的具体考察。在这种广博视野中，该书充分体现出戏剧文化交流的丰富和密度，具有真正的比较戏剧研究意义。这部著作的问世，不仅在中西戏剧文化交流史方面具有汇总性的意义，对于打破当前中国戏剧研究拘泥于本土文化立场、相对轻视周边国家及边疆少数民族戏剧、忽视戏剧交流对中原戏剧重要作用的种种偏颇，具有正本清源的作用。

中西比较戏剧的另一部力作是陈世雄的《三角对话：斯坦尼、布莱希特与中国戏剧》（厦门大学出版社，2003 年 9 月），这是一部建构在坚实的比较文学立场上的戏剧研究专著。该书 42 万字、分为 12 章，将中国接受斯坦尼斯拉夫斯基和布莱希特的方方面面进行了周到、细致的研究。作者没有采取一般的“东方—西方”的研究框架，是考虑到斯坦尼斯拉夫斯基所属俄罗斯文明介于中西方之间的特殊性，因而舍弃惯常的二元比较，而采取三元比较，旨在突出多元对话的特性；同时采取对话模式，是为了更充分呈现对话过程的曲折性。作者具备了扎实的俄语基础，又到苏联专门学习过戏剧，是我国 20 世纪 80 年代以来最为突出的戏剧研究者之一。作者对 20 世纪中国戏剧发展的历史十分熟稔，对西方戏剧也具有全方位的观察，无论是宏观描述，还是局部透视，都驾轻就熟、信手拈来；对斯坦尼斯拉夫斯基和布莱希特等戏剧家的理论与实践也有深刻把握，因此“两只脚”都有坚实牢固的学术基础，这远非一些两脚轻飘或一脚不稳的比较文学学者所能比拟。该书的一大优点是作者用对话的方式回顾了20世纪中国戏剧对斯坦尼斯拉夫斯基和布莱希特两位西方戏剧大师接受过程中的各种曲折，通过事实爬梳和艺术探讨分析其中的成败得失。尤其难能的是对“文化大革命”中错误批判斯坦尼斯拉夫斯基体系的来龙去脉不隐恶、不避讳，采取负责任的学术态度；对20世纪80年代之后“布莱希特热”也能采取客观辨析的眼光，形成稳妥成熟的看法。该书还有一个优点就是作者能站在戏剧艺术主体的高度看待剧作家、剧本、演员表演及舞台的方方面面，而不似很多研究者仅做案本工作，所谓戏剧研究只是剧本研究而已。可以这样说，陈世雄对两位戏剧大师与中国戏剧的比较分析做出了标志性的研究。在这个研究话题上，未来想要整体超越这本著作也是不容易的；他的研究也为中国的比较戏剧研究乃至一般戏剧研究确立了历史、文本、表演、舞台等多元眼光的一种标准。关于斯坦尼与中国戏剧关系方面，马俊山《论斯坦尼体系对中国话剧现实主义的演剧体系的影响》（周华斌、李兴国主编：《大戏剧论坛》第1辑，北京广播学院出版社，2003年11月）一文呼应了陈世雄一书的部分观点，认为斯坦尼体系对于中国现实主义演剧体系的影响以积极方面为主。

除了这两部考察戏剧交流历史的著作外，这三年中中西戏剧比较研究在运用平行研究方法方面也有一定成绩，刘彦君是其中的佼佼者。她的《同源共构——东西方戏剧间的文化渊源》（《戏剧》，2001年第4期）认为祭祀仪式是古希腊戏剧、印度梵剧和中国戏剧共同的古老样式。在戏剧传播过程中，各种文化渗透发挥作用，形成了三种戏剧美学上的同异。《早期东西方戏剧的相近特性》（《艺术百家》，2003年第1期）进一步指出东西方戏剧同源在文化性格上具有某种共同性，具体表现为舞名综合观、抽象表现观、混合叙事观和时空自由观。刘彦君的研究一大优点是不仅重视戏剧文本的文学性，还十分注意舞台与表演的向度，为一般出身于文学专业的戏剧研究者所不及。另一个优点是对世界戏剧发展具有较为宏观的视野，善于从总体上把握东西方戏剧的本源及特征，因而她的文章又不局限于中西比较的范围，而能综合世界几大戏剧体系特征进行全方位观照。

这一领域中既属于戏剧理论研究，也与中西戏剧比较研究有较大程度融合的著作是胡志毅的《神话与仪式：戏剧的原型阐释》（学林出版社，2001 年 10 月）。全书分为“戏剧原型的生成”“戏剧原型的本体”“戏剧原型的体验”三大部分。显然，作者对戏剧原型进行理论建构是建立在古今中外各类各型的戏剧的基础上，因而天然地具有比较研究的特质。书中认为人类戏剧起源于仪式，戏剧生成于神话，戏剧原型本体主要由原型象征、原型人物和原型结构三部分构成，戏剧原型体验则主要反映在戏剧诗人创作、演员体验性表演和观众仪式性接受方面。这本书是少有的运用原型批评等理论对戏剧文体类型进行细密论证并试图构建理论体系的著作，因而具有重要的理论参考价值。原型理论主要是从神话传说等人类早期文学样式中抽象出来，之于戏剧尤其是现代戏剧应用时是否存在有效性的问题，还需要探讨。

其他较有特点的戏剧平行比较的论文有曹文心的《古希腊戏剧早熟与中国戏剧晚成的原因》（《戏曲研究》第 59 辑，中国戏剧出版社，2002 年 9 月），探讨了中希戏剧成熟时间上的差别，其一是认为希腊古代文艺综合发展、成熟早，合力使然，而中国戏剧表演只停留在歌舞、杂技的层面；其二是从社会发展来看，希腊奴隶制以商品性生产为特征，很早就有大规模剧场出现，中国的商品经济发展是后来的事情；其三从艺术发展上，唐宋以后中国故事性文学增强，民间说书人增多，中国戏剧开始了大步发展。吕效平的《戏剧的“音律焦虑”与“时空焦虑”——从“汤沈之争”和〈熙德〉之争看中、欧戏剧的不同质》（《文学评论》，2002 年第 3 期）以中国戏曲家汤显祖、沈璟与法国戏剧家高乃依与古典主义者之间的两大论争为比较对象，选题十分新颖。作者认为其中“音律焦虑”与“时空焦虑”与中西两大戏剧体系本质有密切关系，是文本属性与剧场属性发生冲突的必然结果。这一类的文章中，郭继德的《中西荒诞派戏剧之比较》（《山东大学学报》，2003 年第 5 期）、谢美生《异曲同工相互媲美——谈〈麦克白〉与〈伐子都〉剧中同用幻觉和鬼魂情节的不同艺术手段表现》(《河北大学学报》，2003 年第 2 期）亦可一观。

中西戏剧关系史研究方面，黄爱华的《20 世纪初期西方现代派戏剧思潮在中国的传播及其影响》(《学术研究》，2002 年第 1 期）力图将象征主义戏剧思潮、唯美主义戏剧思潮、表现主义戏剧思潮和未来主义戏剧思潮在 20 世纪初期中国的传播影响进行概括。尤其是论文第一部分关于象征主义戏剧较有看点，除介绍象征主义戏剧思潮在华传播的部分史实外，作者将中国象征剧分为神秘型和进取型两种是较为新颖的看法。当然，作为单篇论文毕竟难以详述，但毕竟展现了作者未来研究的领域与视野。除了西方现代戏剧思潮在华直接传播的有关研究，作者这几年还致力于研究中国早期话剧吸收西方戏剧营养的特殊管道和载体——日本的特殊作用，并取得了丰硕成果，集中体现在《中国早期话剧与日本》(岳麓书社，2001 年 5 月）这本专著中。从题名上，应属于东方比较文学中的中日比较文学，但详观目录正文，便可发现日本实际上扮演了早期中国戏剧探索者取法西方的中介角色，春柳社和春阳社等早期戏剧团体正是通过日本这个桥梁广泛摄取世界戏剧文化，通过编演西文直译或日本转译的外国戏剧进行最早的现代戏剧实践，从而建设了中国现代戏剧的一方天地。春柳社最早的两次公演正是《茶花女》《黑奴吁天录》这样的西洋剧本。著作还显示，对于西方某些戏剧的吸纳，中日两国同行几乎是同时进行的。该书的写作是在作者 1993 年博士学位论文《文明新戏与日本新派剧、新剧之关系——论中国戏剧现代化初期借鉴西方戏剧的曲折历程》的基础上，又经历八年时间淬炼而成。从论文副标题便可见作者对中国早期戏剧借鉴西方戏剧的曲折繁复已有充分认识。这本著作的首要价值体现在对 20 世纪初期中日戏剧史料搜集、整理和辨析的繁重工作上。作者不仅对中国剧人的各种文集、全集深入阅读挖掘，还尽可能地搜索和考辨日本当时的各种文学和演出资料，在戏剧史料方面占据了优势。譬如书中第八章第一节分述了目前有充分证据显示的春柳社改编过的五部欧洲浪漫派戏剧：《茶花女》《热泪》《爱海波》《真假娘舅》《倭塞罗》。作者此后发表的论文《春柳社演出日本新派剧剧目考论》(《浙江艺术职业学院学报》，2003 年第 2

期）又补充了一部《鸣不平》。黄爱华的研究在继承陈白尘、董健主编的《中国现代戏剧史稿》和袁国兴的《中国话剧的孕育与生成》等书的研究基础上，不断丰富史料、详加学理论证，得出了更令人信服的结论。该书的另一价值在于比较文学方法的突破。比较文学分为若干领域实为分梳便利，但对中国现代戏剧形成这一论题如果过于拘泥于中西或者中日比较，必然陷入画地为牢的窘境。不幸的是，中国的中外文学关系研究往往深陷这一窘境，或者不思摆脱，或者无力摆脱。黄爱华的研究则不受领域所限，在历史和审美的高度上体现比较文学提倡的跨越文化和领域的专业精神，这是非常值得赞赏的。另外，书中导论部分提到中国戏剧现代化与西方戏剧现代化呈现“同步错逆”的特点。即西方戏剧是从古典主义、浪漫主义向现实主义、自然主义发展，从而走向象征主义、表现主义等现代主义方向，而中国戏剧现代化却最终选择了写实的方向。这显然是一个极为醒目的观点，有巨大的探讨空间，但或许不是全书用力之所在，故而在后文未能贯彻和展开。另一方面，作者显然受到前人研究的影响，选用了“现代化”的提法，而不是前文所论王一川、杨联芬等人使用的“现代性”，也是一个值得深思的问题。

与此相关的文章还有宋宝珍《中国现代神秘戏剧解析》（周华斌、李兴国主编：《大戏剧论坛》第 1 辑，北京广播学院出版社，2003 年 11 月）。相对于现实主义风格的戏剧，中国的现代主义戏剧所受关注相对较少。论文研究了陶晶孙、向培良、陈楚淮等人的神秘主义戏剧，并简要介绍了这些戏剧的出现与五四落潮期西方现代派戏剧之间的关系。郝明工的《浪漫主义还是新浪漫主义？——田汉早期剧作与现代主义》（周华斌、李兴国主编：《大戏剧论坛》第 1 辑，北京广播学院出版社，2003 年 11 月）是一篇反诘性的文章，作者认为田汉早期戏剧作品《梵珴璘与蔷薇》《灵光》均属于现代主义风格，而非一般认为的浪漫主义，主要证据就是剧作家曾对浪漫主义与新浪漫主义（现代主义）进行过分辨。

在中国古典戏剧比较研究方面，孙玫的《西方影响与现代中国戏曲研究之进程》（《文艺研究》，2001 年第 6 期）强调王国维等学者对现代中国戏曲研究奠基以及张庚等“前海学派”学者重视戏曲综合演剧性质，为以后中国戏曲表演研究分为若干子系设了框架，这些都是西方影响之功。陈维昭的《二十世纪关于中国戏曲的跨文化研究》（周华斌、李兴国主编：《大戏剧论坛》第1辑，北京广播学院出版社，2003年11月）是一篇以学术史反思方式生成的理论性文章。作者从许地山、郑振铎等前辈学者对中国戏剧缘起问题的研究进行辨析反思，并总结了黄天骥、康保成、黎蔷等当代学者的研究，进而呼唤对中国戏曲进行跨文化的研究。

运用阐发研究进行比较戏剧研究的有吕效平的《中国古典戏剧情节艺术的孤独高峰——从欧洲传统戏剧情节理论看〈西厢记〉》（《文学遗产》，2002年第6期）。文章认为《西厢记》不仅实现了中国戏剧传统的美学观，也能充分反映以亚里士多德“整一性”和黑格尔“戏剧体诗”为代表的西方传统戏剧的美学理想。近年来运用阐发研究的比较文学论文佳作不多，将之应用到戏剧领域，更是比较少见。这一类论文还有意大利留学生李莎在《戏剧》杂志上连载的论文《当代中国导演对西方戏剧经典的四种误读》（《戏剧》，2001年第3期、2002年第1期）。文章主要以孟京辉的《一个无政府主义者的意外死亡》、张艺谋的《图兰朵》、吴晓江的《玩偶之家》和吴定宇的《马》为主要分析对象，指出其中包括为批判现实而作的有意误读、为展现自身问题特点而有意或无意的误读、为呼唤社会进步而有意误读、因缺乏背景知识而无意误读四种情况。这是作者用汉语完成的硕士毕业论文，从外籍人士的视角丰富了中国比较戏剧方面的认识。香港中文大学陆润棠的《当代香港戏剧糅合中西表演技巧的典范》（《戏剧》，2003年第1期）则从较为综合的文化眼光打量当代香港话剧的演出手法，提出了三种创作表演的手段。从中我们可以看出当代戏剧无论居于何地，只有广泛吸收世界戏剧的各类营养，才能自成天地，而香港戏剧在这方面的自觉意识尤为突出，值得赞赏。

王向远的论文《近二十年来我国的中外戏剧比较研究》（《戏剧》，2003年第2期）是一篇对20世纪最后20年中国比较戏剧研究的综述性文章，其中以中西比较戏剧研究为主。这篇论文延续了作者对比较文学学科进行基础整理和系统阐述的一贯学术思路，选取了12部最有代表性的比较戏剧研究专著和论文集进行了较为详细的介绍和评述，立论公允，眼光独到，充分体现出比较文学不拘泥于具体学科而发挥学科综合和多重视野的研究优势。论文的写法以专著和论文集为主，好处是容易抓住主要学术成果；缺点也显而易见，就是忽视了单篇论文在局部问题上可能的深入。重点评述的12部著作中，李肖冰等人合编的《中国戏剧起源》一书，不仅收纳了五四时期以来从王国维、许地山到李肖冰、黄天骥等人的重要文章，还有该书出版缘起的有关学术会议的座谈实录附录在后，其中涉及戏剧“起源”与“发生”的讨论，很有理论意义，可以从比较戏剧角度为戏剧发生的本体研究提供新的角度和思路，却未被作者注意。当然，这篇文章是三年中国内仅有的一篇比较文体学某一领域的综述文章，具有很强的学术史自觉意识，惜乎国内学者甚少为之。

中西神话比较研究较为重要的论文有赵炎秋的《中西神话仙话比较研究》（《中国文学研究》，2001年第3期）。作者不同意一些学者所持广义神话的观点，而分为原生神话和再生神话，认为中国原生神话在形象、情节方面不如希腊神话复杂优美。对于中国神话为什么不发达，除了延续以往学者归纳的原因之外，作者提出主要在于中国再生神话没有得到充分发展，所谓再生神话就是系统整理过的神话。在作者看来，仙话是人类在缺乏科学知识状态下虚拟的超自然故事，中国神话不发达，但仙话发达。然而，作者似乎没有说透的是，或许恰恰由于仙话发达，文人足以展开想象，客观上也就疏远了更为原始的神话。而且即便采取作者对仙话所下定义，西方仙话也未必不发达，《仲夏夜之梦》《培尔·金特》之类就有很强的民间色彩。

起源与创世神话的研究在这三年中较为突出，可以关注张开焱的《泥土的神圣与卑污——三则人类起源神话文化内涵之比较》（《外国文学研究》，2001年第3期）、邓晓芒和肖书文的《东西方四种神话的创世说比较》（《湖北大学学报》，2001年第6期）、顾海悦、曹燕、艾斐合写的《〈圣经〉及印第安Acoma部落中关于人类起源传说的跨文化研究》（《国外文学》，2001年第4期）等论文。这一范畴的论文有数十篇之多，只是质量乏善可陈。从这些研究或许可以看出，这三年的比较神话研究基本还沿袭文本研究的路数，由于对神话研究特殊性重视不够，如果缺乏针对地方性活形态的神话所做的田野考察，缺乏文化人类学等理论的素养，仅凭文本或语言研究，想要有所突破是十分困难的。还有一些探讨中西女神比较研究的论文，也远未达到叶舒宪的《高唐神女与维纳斯》（1997年）的高度。中西比较神话研究可以说是中国比较文学进入新时期之后最早吸引人们关注的领域。其时正值“文化热”，文明类型研究十分红火，但是热潮一过，缺乏理论支撑，相关研究就很难深入开展下去。

中西散文比较研究有两篇与梁遇春散文有关，较有价值的是黄伟的《中国的伊利亚——梁遇春散文兼与兰姆随笔比较》（《北京教育学院学报》，2002年第2期）。作者认为梁遇春通过阅读、翻译兰姆来学习英国散文，并借鉴了兰姆“谈话体”的文体形式。中西报告文学比较研究仅有一篇文章，即王文军的《从理论渗透到范本催化——论基希对中国报告文学的影响》（《社会科学》，2003年第11期）。文章分析了捷克报告文学作家基希的批判揭露型报告文学正适合20世纪30年代左翼文学的文学追求，周立波的译本影响巨大，直接催生了夏衍《包身工》等重要作品。鉴于报告文学研究在我国文学研究中一直处于边缘，报告文学的比较研究就更为稀少，故此文自有其材料信息的意义。另外，笑话是文学作品中介于纯文学与通俗文学之间的特殊品种，也有学者从比较文学角度进行研究的例子，如朱希祥的《“夸张民族的性格”——中西笑话的语言构成与文化内涵比较》（《中国比较文学》，2002年第3期）。由于笑话从文体上不好规范，也缺乏典范作品加以定型，所以这方面的研究还很有限，有待来者继续开展研究。

1.4 中俄比较文学研究

中俄比较文学研究在这三年中有不少重要成果问世，首屈一指的当属陈建华和汪介之合著的《悠远的回响：俄罗斯作家与中国文化》（宁夏人民出版社，2002 年 8 月，以下简称《回响》）。该书系钱林森主编“十五”国家重点图书《外国作家与中国文化》中的《俄国卷》，全书共分为 6 章，32 万字，全面考察了 18 世纪—20 世纪俄国作家与中国文化交往历史及多重关系。开篇是陈建华与俄国汉学家李福清的对话，其后六章分别探讨了俄国古典作家心目中的中国、俄国文学译介中的文化现象、中国批评视野中的俄国古典作家、20 世纪俄罗斯作家视界中的中国文化、20 世纪俄罗斯作家笔下的中国形象和中国文化语境中的 20 世纪俄罗斯作家等六个部分。除了第二章属于翻译文学研究的范围，其他都是中俄比较文学研究的核心领域。第一章分析了俄国古典作家希诺瓦等人的中国想象性书写、18 世纪俄国作家心中作为“神秘国度”的中国、东学西渐过程中俄国汉学家眼中的中国、浪漫主义诗人笔下的中国、19 世纪访问中国的俄国纪实性文学和托尔斯泰等对中国哲学颇感兴趣的俄国作家。第三章从中国批评视野出发，分析了中国对普希金、果戈理、屠格涅夫和列夫·托尔斯泰等古典作家的接受。第四章分析了白银时代作家索洛维约夫、阿赫玛托娃、巴赫金与梅耶荷德等 20 世纪俄国作家学者对中国文化的理解。第五章分析了高尔基、布宁和爱伦堡笔下的中国形象。第六章反观高尔基、帕斯捷尔纳克、肖洛霍夫以及尼古拉·奥斯特洛夫斯基《钢铁是怎样炼成的》在中国起落沉浮的命运。这部著作的优点在于注意中俄两国文学在两三个世纪中相互接受、相互阐发的特点，充分发挥了比较文学跨文化的学科特征。然而尽管前言系与俄国汉学家的对话，但整部书对文学以外的俄国汉学中的中国文学研究成果重视不足，故而书中未能充分反映这部分内容。此外，对俄国作家在中国的接受采取的是举隅式的研究，譬如为何只重普希金、果戈理、屠格涅夫和列夫·托尔斯泰，而忽略陀思妥耶夫斯基、契诃夫和莱蒙托夫，仅以影响大小来论也不能自圆其说。同样，在中国的接受经历起伏的文学作品又何止一部《钢铁是怎样炼成的》。当然，这一研究疆域广阔，一部著作确实难以穷尽。

俄国文学在中国的传播及影响方面，林精华的《东方主义与中国想象俄罗斯文学的方法》(《人文杂志》,2001 年第 2 期)在新的意义上提出了“东方主义”的观点。认为 20 世纪中国文学对俄罗斯文学积极接受的原因在于三个方面,包括内在情感需要、现代化运动的文化选择和传统审美方式的可沟通性。黎跃进的《普希金影响中国现代戏剧的途径》(《湖南工程学院学报》,2001 年第 6 期)认为普希金作品对中国现代戏剧有“潜在”的影响,存在六条可能的影响途径。作者还从潜在影响的发送方和接收方两方面分析了原因。陈春生的《抗战时期中国接受苏俄文学的特点初探》(《抗日战争研究》,2001 年第 1 期)认为中国文学在抗战时期主动选择接受苏俄文学既有为抗战服务的直接需要,也参与到了世界文学的时代发展当中。但战争文学对人物神化的审美标准,忽略了战争的残酷一面。这些文章的共性在于提出较为新颖的研究论题,反映出学者们研究视野的广阔。此外,还有袁荻涌的《清末民初俄罗斯文学在中国的译介及其影响》(《贵州师范大学学报》,2002 年第 5 期)等较为重要的文章。

王向远的《近 20 年来我国的中俄文学比较研究述评》(《俄罗斯文艺》,2002 年第 3 期)和《对中俄文学关系的总体研究——近 20 年来我国的中俄文学比较研究述评(续)》(《俄罗斯文艺》,2003 年第 2 期)是总结 20 世纪最后 20 年中俄比较文学研究实绩的综述性文章,分别就对中俄作家作品的比较研究和中俄文学关系的总体研究展开论述。作为学术综述,颇具价值,反映出作者具有很强的学术史思维。

1.5 中法比较文学研究

2001—2003 年,中法比较文学的主要成就在个案研究,成果形式以单篇论文为主。

在中法文学关系史方面,资深的戴望舒研究者王文斌发表的《戴望舒和纪德的文学因缘》(《新文学史料》,2003 年第 2 期,另载王文斌的论文集《中西诗学交汇中的戴望舒》,安徽教育出版社,2003 年 8 月)是一篇力作。

作者从20世纪30年代的若干文学史片段入手，分析戴望舒如何理解和吸收纪德造访苏联前后形成的艺术经验，以及戴望舒如何在左翼思潮笼罩下大胆译介纪德的《从苏联归来》，并在引玉书屋和《宇宙风》杂志先后推出两个译本。这篇文章的优点在于作者对戴望舒《从苏联归来》的两个译本进行了细致辨析，为以前研究者所未及，因而具有重要的文学史料价值。另外，作者分析戴望舒解读纪德的过程，能充分注意到两位作家的政治态度与文学创作之间的隐秘关系，以及文学交往活动发生的整体文化背景，将历史的线索与文本的内在分析相结合，使得这篇文章超脱出一般影响研究的窠臼，而显得十分厚重有力。

长期致力于中法文学关系研究的学者钱林森先后发表了两篇重要文章：《20世纪法国新浪漫主义与中国现代文学》（《外国文学研究》，2001年第1期）、《蒙田与中国》（《外国文学研究》，2002年第2期）。前文提出20世纪现代文学开拓者茅盾等人推崇的法国新浪漫主义是一个动态概念，大致上是以法朗士为前驱、罗曼·罗兰为主将、巴比塞为干将的新理想主义文学流派。作为作者主持的“20世纪法国文学思潮与中国现当代文学”的子课题，作者对鲁迅、茅盾、巴金、胡风等作家对这一法国文学潮流的接受情况详加辨析，从而认为中国作家旨在建构更符合本土文化传统的现实主义文学范式。这篇文章立论的前提是法国新浪漫主义，但这个流派究竟是法国文坛公认的，还是中国现代作家建构出来的，将直接影响文章的价值。《蒙田与中国》一文从蒙田思想哲理的中国亲缘入手，探讨了中国思想对蒙田思想的生成作用以及蒙田对中国现代散文的反向影响。

钱林森与法国学者克里斯蒂昂·莫尔维斯凯共同主编的《20世纪法国作家与中国》（南京大学出版社、法国阿尔德瓦大学出版社，2001年9月）是1999年在南京大学召开的同名国际学术研讨会的论文集。书中收入中外学者26篇文章（包括前言及附录），分别就“法国作家笔下的中国”“法国作家与中国文化”“法国作家在中国的翻译与接受”“中法文学文化研究的拓展”等议题展开了论述。华裔学者和中国学者撰写的文章约占一半左右，其中不乏新颖的论题和有特点的论文。法籍华裔学者程抱一的《法国当今诗人与中国》介绍了让·芒宾诺、夏尔勒·朱里叶、杰拉尔·马瑟、弗兰索娃丝·杭、吉尔·儒安纳、旦吉尔·吉罗等六位法国当代诗人与中国的关系，文后还附有作者对他们诗作的翻译。虽然属于介绍性的文章，但文中材料都是诗人们在作者采访中的现身说法，对不熟悉这些诗人的中国学界来说很有意义。克洛岱尔是与中国关系较为密切的法国作家，余中先的《克洛岱尔与中国传统文化》、张新木的《符号化的中国——解读克洛岱尔的〈认识东方〉》、朱静的《差异在第五维度——从克洛岱尔的〈画扇帖〉谈起》三篇文章分别就作家与中国传统文化整体之间的关系以及具体作品解读等角度对其进行研究。

其中，还有运用阐发方法撰写的论文，以周宪的《德布雷与中国知识分子问题》、杜青钢的《为道而损　见素抱朴——从道家的角度解读米肖》为代表。周宪分析了德布雷对知识分子的研究，即以“教师、作家、名流”来概括从法兰西第三共和国迄今法国知识分子生存发展的三个阶段，及知识分子扮演的不同社会角色，以此来同步观察20世纪中国知识分子的地位及状况。杜青钢的文章则从道家立场思考米肖运用道家智慧进行的跨文化诗歌与诗学创造。

书中其他有关中西比较文学的论文还包括钱林森的《双重的身份，双重的感情，双重的形象——绿蒂笔下的中国》、段映虹的《尤瑟纳尔世界中的一位道家人物——试析〈王浮得救记〉》、秦海鹰的《20世纪法国作家的“中文课”》、刘成富的《马尔罗笔下的跨文化价值——浅析〈征服者〉和〈人的命运〉》、刘阳的《中国给了他“另一种眼光”——亨利·米肖与中国艺术》等，部分论题还是比较新颖的。《20世纪法国作家与中国》一书为中法两国大学出版社联合出版，由中法两国致力于比较文学的学者共同主编，对于推动中法两国文学、文化交流具有重要作用。

另一位多年研究中法文学关系的学者孟华也有新作发表。《18世纪一场关于中国人起源论争的启示》（《多边文化研究》第2期，新世界出版社，2003年1月）回顾了18世纪法国学界关于中国人是否起源于埃及的一场论争，其中通晓中国文化的巴多明神父和启蒙主义大家伏尔泰扮演了驳斥谬说的主要角色。作者进而指出巴多明神父长期奉行文化适应战略，兼有对基督教文化和中国文化的双重认同，并肯定了其为文化相遇、融通所做的努力。另外也对法国比较文学学者艾田伯将18世纪启蒙作家分为“亲华派”和“反华派”的提法进行了批评性的反思。《启蒙泰斗伏尔泰向中国销售钟表的计划》（黄时鉴主编：《东西交流论谭》第二集，上海文艺出版社，1998年7月）一文以生动笔触描述了伏尔泰试图说服俄国叶卡捷琳娜二世对华出口钟表的计划，但计划最终流产的过程。作者认为这既反映了当时俄、法等国重视对华商业贸易，也透露出伏尔泰“开明君主制”政治理想的一种尝试。

法国作家笔下的中国形象方面，李焰明的《伏尔泰的中国乌托邦》（《国外文学》，2003年第3期）指出，伏尔泰对中国的所有描述具有乌托邦式结构，其中心就是公正。其他诸如伦理、宗教、风俗、皇帝等都是围绕着公正，而构成一个相似性家庭。这一看法大大深化了以往对伏尔泰中国观的认识，也超过了同期相关文章的水平。

对中法比较文学做系统整理的学者不乏其人。王向远的《近年来我国的中法文学关系研究述评》（《法国研究》，2003年第1期）对20世纪最后20年中法文学关系研究做出较为系统的总结。文章主要以钱林森所著及主编的《中国文学在法国》和《法国文学在中国》、孟华的《伏尔泰与孔子》、金丝燕的《文学接受与文化过滤——中国对法国象征主义诗歌的接受》等专著为主要分析对象，还包括中法文学关系研究的部分论文。作者具有强烈的学科自觉意识，善于总结学术规律，发表精当之见。金丝燕的《论法国文学在中国的接受（1899—1949）》（钱林森、克里斯蒂昂·莫尔维斯凯主编：《20世纪法国作家与中国》，南京大学出版社、法国阿尔德瓦大学出版社，2001年9月）是一篇以资料翔实取胜的长篇论文，作者用72页的篇幅详加勾勒了20世纪上半叶法国文学在中国的翻译、介绍、研究等方面的情况，尤以第三章“法国象征主义在中国的接受（1915—1925）”、第四章“新诗及其法国渊源（1917—1949）：音乐性与形式”、第五章“新诗及其历史渊源（1917—

1949)”最为突出。作者曾就法国象征主义与中国文学关系做出过精彩研究，这篇文章中她发挥自己的法文优势，凭借对法国文学及法国汉学超凡的熟稔对中国现代文学进行辨析、读解。同载于《20世纪法国作家与中国》的余斌的《马尔罗在中国的命运》对马尔罗《征服者》《人的命运》在华影响的历史变化做了简要的分析。张唯嘉的《中国的中国的罗伯–格里耶研究》(《外国文学研究》, 2003年第5期）属于作者主持的广东省社科项目“新小说派领袖罗伯–格里耶研究”的一部分，将中国接受这位法国作家的40余年历史分为20世纪60年代、1977—1988年和1988—2002年三个阶段。与之相类的综述文章还包括袁荻涌的《曾朴对法国文学的接受与翻译》(《贵州师范大学学报》, 2001年第4期)、宋学智、许钧的《简论杜拉斯作品在中国的译介、研究与接受》(《当代外国文学》, 2003年第4期)、蒋芳的《新中国成立前巴尔扎克传播史述论》(《衡阳师范学院学报》, 2002年第5期）等。

另外，2002年是雨果诞辰200周年，出现一些纪念文章，以介绍史事为主。作家纪念从而引发研究热潮，成为20世纪初外国文学界的一大看点。

2001—2003年的中法比较文学的主要特点是：第一，综述研究渐渐增多。这类综述类的文章较大规模的涌现显示学者们在比较文学学科内部系统整理学术史的意识正在逐步加强，随着中法比较文学个案研究的日渐丰富，这一趋势有望得到进一步开拓。第二，与法国学者之间的对话也日益增多。不仅有中法两国学者共同参与的国际学术会议、中法资深学者共同主编论文集的合作出版，还有许多中法作家、学者合作撰写的著作问世，由上海文化出版社推出的“远近丛书”即是一个佳例。这套丛书自2000年问世以来，在2001—2003年间又有五种出版，包括庞朴和伊泽·达尔坦–马斯盖利耶的《智慧》、叶舒宪和米歇尔·苏盖的《激情》、杨焕明和皮埃尔·雷纳的《科学》、王以培和奥里维耶·布雷的《游》、陈家琪和玛尔蒂娜·谢阁兰的《家》。该丛书以比较文化中最为显要的主题词为书写对象，由中法两国作家、学者共同撰写，实现了多元文化语境中进行文明对话的可能，使得不同文化系统的知识人积极参与到人类文明建设的进程中来，堪称一次出版事业的创举。

1.6　中德比较文学研究

2001—2003 年，中德比较文学领域的一部重要著作是卫茂平、马佳欣、郑霞合著的《异域的召唤：德国作家与中国文化》（宁夏人民出版社，2002 年 8 月，以下简称《召唤》）。该书即钱林森主编的《外国作家与中国文化》的《德国卷》，有近 30 万字的篇幅，分为“德语文坛‘中国’形象之变迁”“德语文坛中国文化之回声（一）”“德语文坛中国文化之回声（二）”“德语文学汉译史话”四章。属于中西比较文学研究领域的是前三章：第一章集中探讨了从骑士文学到二战前后德国文学塑造“中国”形象的历程；第二章研究了 18—19 世纪德国作家歌德、席勒等人对中国文化的解读和接受，以及中国古代诗人李白等在德国传播影响的状况；第三章主要研究 20 世纪德语作家克拉邦德、卡夫卡、布莱希特等人对中国文学、文化的理解与文学书写。全书致力于德语文学对中国形象的塑造以及叛逆性理解中国文化的文学历程，力图将文本个案与历史逻辑相联系，呈现一部较为全面的德国接受中国文学文化的历史。

这本书的写作基本建立在 1996 年卫茂平独著的《中国对德国文学影响史述》（上海外语教育出版社，1996 年 5 月，以下简称《史述》）一书基础上，全书主要观点和材料运用时时显露旧作的痕迹，在学术创新方面显得较为有限，甚至给人留下并非一部新作的印象。书中较有新意是第一章，以“德语文坛‘中国’形象之变迁”为题，作者马佳欣或许觉察出《史述》一书采取中国文学如何影响德国文学的研究策略的有限性，即仅仅采用影响研究的思路不足以回答德国作家如何在中国文化的刺激之下进行创造性的想象与书写，故而采取将“中国形象”这一学术话题集中提炼出来、重新梳理的新思路，并大致勾勒出德国作家面对中国文化先是理想想象，接着贬损否定，继而精神重现的变迁。然而，这种研究策略的优点是轮廓清晰，缺点则是过于清晰，即不可避免地在整体描绘和个案把握上存在着许多不相调和的情况。譬如《史述》中对19世纪毕达迈耶尔派作家批评中国有比较详细的介绍，但《召唤》第一章对这一文学现象的把握则显得十分简略。从结构上来说，《召唤》第一章与二、三两章存在重复的现象，似乎第一章是二、三两章的概述。该书最根本的问题还在于作者在单个研究对象上未能形成实质性突破，在很多时候还在重复《史述》中的观点。当然，这本书重视中国形象的研究思路，对以后此领域的研究还是很有启发意义的，客观上也扩大了中德比较文学的学术疆域，有值得提倡之处。

该书还涉及《灰阑记》系列作品的题材问题，沿用了《史述》中克拉邦德《灰阑记》影响到布莱希特《高加索灰阑记》的观点。关于“二妇争子”故事模式的研究，始于1932年赵景深的文章《所罗门与包拯》。此后半个世纪响应者寥寥，直到19世纪80年代以后中国学者才重拾这个课题。这一时期的研究主要是强调布莱希特的《高加索灰阑记》受到元杂剧家李行道《灰阑记》的影响，进而发现这是一个在世界文学多个系统中普遍性的主题。曲德来的《关于元杂剧〈灰阑记〉的来源问题》（《古籍整理研究学刊》，2002年第5期）是探讨这一话题的力作，虽然该文所谈远远溢出了中德比较文学的范围，但鉴于主题相同在此一并论之。该文为驳论文章，主要是反驳1983年朱炳荪的观点，作者不同意李行道《灰阑记》题材是受佛教、基督教或伊斯兰教等外来影响，而是主要来源于中国本土资源诸如《风俗演义》中的黄霸断二妇人争子的故事。理由是佛教、景教和伊斯兰教在中国开始传播的时间未必就是这一故事流入中国的时间。李行道不是任何宗教的信徒，他读到在宋元期间流传甚广的《风俗演义》可能性要大得多；李行道所在的平阳是元杂剧的中心之一，有从历史故事中吸收材料的传统。作者提出了本土资源的假说，对我们全面认识“二妇争子”故事模式的传播轨迹有一定价值。至于《风俗演义》中的故事又有什么来源，乃至克拉邦德与布莱希特两个故事版本之间究竟有何故事情节上的变化，还有较大的研究空间，值得来者细细探究。

曹卫东的《中国文学在德国》（花城出版社，2002年10月）是乐黛云教授主编的"中国文学在国外"系列丛书中的一种，该书完成于20世纪末，出版延至2002年。全书分为上下两编，上编以六章篇幅描述中国文学在德国传播、接受和研究的状况，包括中国古典诗歌、古典小说、古典戏剧、古典诗学和20世纪中国文学在德国的接受等。对诗歌和小说两种文类，作者还就宏观和微观两个层面进行了较为详尽的透视分析。尤其是上编的第一章，作者将顾维廉、卫礼贤、特密特-格林策和菲佛尔等或著述或翻译的《中国文学史》单独提出进行研究，反映出作者对这个问题的重视。研究海外汉学中"中国文学史"写作的单篇论文并不罕见，但作为中国文学在国外的研究话题，受到作者格外的重视，还是能够反映作者宽广的学术视野。下编以历时眼光详细勾画德国文学中的"中国形象"及对中国所做的整体性想象性，包括17世纪以前、17世纪、18世纪、19世纪、世纪之交及20世纪德国文学中的"中国形象"的发展变化，其中不少论题为前人所未及。这本书的优点首先体现在作者具有极强的文学理论和哲学素养，论述集中有力，阅读原文和驾驭材料的能力也很高超。19世纪90年代以后，中国学者注意到了域外文学中的中国形象这一话题，并不断有相关论著出现。本书作者能够认识到"中国形象"不仅是文学书写的问题，也是德国思想发展过程的想象物，是在自我认同与中国作为"异国"之间存在张力后形成的产物。书中第七章特意对关于"异"的形象学进行哲学上的理解，这一章同时也是下编部分提纲挈领的部分。作者在写作时每一章都注意照应第七章中的观点，虽然文字量不大，但显得脉络清晰、颇有深意。总体说来，在分析问题的深度上要超过一般的文学研究。该书的另一个优点是得益于德国汉学中中国文学研究之力颇多，故不局限于从文学来论文学，而是采取人文学科的多元眼光来对中德文学关系做综合性描述。事实上，形象学作为比较文学的重要分支，只有充分发挥比较文学的跨学科立场才能真正建立起来，否则只是一般文学形象的整理介绍，而不幸许多有关论文只停留在这个水平上。可以说，《中国文学在德国》一书是中国比较文学关于"中国文学在国外"一类研究中的佼佼者，其学术品位也超过了丛书中的其他著作。

2000年是尼采逝世一百周年，中国学界举行了“尼采与20世纪中国”研讨会等相关纪念活动，并从2001年起陆续推出了一系列关于尼采的资料性著作和翻译性著作。郜元宝编的《尼采在中国》（生活·读书·新知三联书店，2001年1月）是其中一本非常扎实的资料汇编。该书以1949年为界，采撷了百年中国学人对尼采的接受文章，将汉学学术界接受、解读尼采的重要文章几乎全部收括其中，上起五四前后梁启超、王国维、鲁迅等思想前驱对尼采的文化书写，下迄乐黛云、周国平、刘小枫从若干层面视角对尼采的读解。书末还附有20多页的“20世纪中国接受尼采史资料索引”，包括了尼采翻译和研究著述的目录。社会科学文献出版社推出的系列丛书“尼采百年解读系列”，包括两本编著和三本译著。金慧敏、薛晓源主编的《评说超人：尼采在中国的百年解读》（社会科学文献出版社，2001年1月）与《尼采在中国》的编辑思路相近，但规模略小于郜著。汪民安、陈永国合编的《尼采的幽灵：西方后现代语境中的尼采》（社会科学文献出版社，2001年1月）主要辑录了福柯、德里达、哈贝马斯、德勒兹等西方大师研究尼采的20多篇文章，全书约40万字。该系列还包括雅斯贝尔斯的《尼采其人其说》（鲁路译，社会科学文献出版社，2001年1月）、德勒兹的《尼采与哲学》（周颖、刘玉宇译，社会科学文献出版社，2001年1月）和恩斯特·贝勒尔的《尼采、海德格尔与德里达》（李朝晖译，社会科学文献出版社，2001年1月）三种。作为中国现代重要思想源头之一的尼采研究，自然不单单局限于比较文学，还深入到哲学、文化和思想领域。以上编者既有专治西方理论的学者，也有中国现当代文学的专门研究者。他们对西方思想者在中国的接受情况所做出的学术基础性工作，与许多比较文学学者的思路是一脉相通的，也能够反映比较文学方法已经浸润了人文研究的多个领域，成为我国文学、文化研究者的一般性思维。同时，这还说明中国学者开始意识到回顾20世纪以来对中国思想界具有重要影响的思想家在中国的接受发展轨迹的重要性，也说明系统反思中国新文学发生的思想语境、文化语境和文学语境，以及与之相关的若干问题已成为20世纪中国文学研究和比较文学研究合力作用的必然结果。

此外，德语作家卡夫卡与中国传统文化的关系及其在中国的影响也历来为中国学者所重视，曾艳兵为其中的佼佼者。2001—2003 年他接连发表了《卡夫卡研究在中国》(《外国文学研究》，2003 年第 2 期)、《卡夫卡与中国传统文化》(《文艺研究》，2002 年第 4 期，与陈秋红合写)、《卡夫卡与中国传统文化——兼论卡夫卡对中国当代文学的影响》(《南京师范大学文学院学报》，2002 年第 4 期) 等文章。在《卡夫卡研究在中国》一文中，曾艳兵将中国卡夫卡研究队伍的特点概括为零散而又广泛、自觉而又执着，注重比较的方法和注重运用新理论、新方法、新视角进行研究等，值得格外重视。

从总体上看，2001—2003 年的中德比较文学在研究对象上具有两个特点：一是“文学问题哲学化”。由于德国作家普遍具有较高的哲学素养，他们笔下的中国，无论是形象塑造，还是整体认识，都具有明显的哲学思辨倾向。二是“广场效应”明显。德国人认识中国，相当程度上依赖知识群体的集体工作，即发达的德国汉学。德国汉学家对中国文化的研究既成系统，又彼此呼应，很有学者做研究前仆后继，营造出同气连枝的学术传统。所以他们认识中国问题或者塑造中国形象显得相对集中，形成一种延续性和对话性的关系。反映在文学方面就是德国文学中中国形象的特征感相对突出，而不像英美文学中的中国形象，更多显示出作家个性化的色彩；同时德国的中国形象研究也更富于逻辑感和历史感。相比中西比较文学其他领域，在集中性的专著和综述性研究中似乎更擅胜场。但同时，这样的特点也会促就中国的中德比较文学学者思维方式过多地偏向于哲理性。有时候会显得被研究对象牵着走，造成比较文学与德国汉学之间的边界模糊不清的情况，某种程度上减弱了文学研究的意义。故而，我们期待中德比较文学研究在吸纳德国学养的同时，能够更多发挥中国学者的主体性，构建出与德国汉学良性对话的比较文学立场，将比较文学讲求跨越性的特征真正发挥出来。

1.7 中英比较文学研究

2001—2003年间，中英比较文学领域的成绩显著，有重量级的专著问世，代表者为葛桂录的两部专著——《雾外的远音——英国作家与中国文化》（宁夏人民出版社，2002年8月，以下简称《远音》）和《他者的眼光——中英文学关系论稿》（宁夏人民出版社，2003年12月，以下简称《眼光》）。《远音》一书系钱林森主编的《外国作家与中国文化》的《英国卷》，全书六章22小节34万字，全面考察了英国作家与中国文化的多重关系。全书以历史为脉络，第一部分为英国作家感知中国文化之始，论述了《曼德维尔游记》里的历史与传奇、英国作家笔下的契丹和契丹人形象；第二部分阐述了英国作家的两种中国文化观，具体分述了17世纪英国作家对中国文化的“解剖”、威廉·坦普尔对孔子学说与园林艺术的推崇、笛福眼里的中国形象、英国作家对中国文化的嘲讽与批评；第三部分介绍了英国作家与中国文化热，包括英国作家与中国园林艺术、约翰逊眼里的中国文化、艾狄生、斯蒂尔对中国文化的利用、英国作家对“中国戏”的改塑等；第四部分阐述了英国作家浪漫之梦里的中国文化，包括柯勒律治残篇里的神奇国土、兰姆美文里的中国景观、德·昆西笔下的梦魇中国等；第五部分介绍了英国作家“中国梦”的实现与回味，包括迪金森对中国文化的理想信念、毛姆的傲慢与偏见等；第六部分阐述了英国作家跨文化对话的理念与尝试，具体介绍了罗素对中国文化的忧思与期望，以及李约瑟试图重塑西方人关于中国的信念。全书通过英国作家与中国文化关系的详细梳理，试图展现中英文学与文化双向交流的历程，在跨文化对话中，把握中英文化相互碰撞与交融的精神实质。

《眼光》是在《远音》基础上对中英文学关系进行双向探讨的专著，可谓《远音》的姊妹篇。全书分为上下两编，上编重点研讨“英国文化视域里的中国形象”，从总体上评述了数百年间英国作家笔下中国形象的嬗变，结合典型个案具体评价了奥斯卡·王尔德对道家学说的借鉴；托马斯·柏克的中国城小说及中国人形象；萨克斯·罗默笔下的傅满楚（也译傅满洲）形象；哈罗德·阿克顿小说里的东方救助主题。下编则从反向角度讨论了英国作家在中国文化语境里的接受问题，通过大量原始文献，较为详尽地勾画了20世纪中国人眼中的威廉·布莱克、威廉·华兹华斯、查尔斯·狄更斯等三位英国重要作家的形象，同时评述了王国维介绍英国文学家的一批重要文献的史料价值及学术价值。附录部分研讨了中国文化的外播轨迹及产生的重大影响，探析了西方文化视野里的中国形象误读的诸种原因。

这两部著作的共同特点是以大量原始材料为基础，佐之以比较文学影响研究、形象学等相关理论方法。作者视野开阔，论述有据，行文颇有文学色彩，在某种程度上拓展了中英文学关系研究领域的学术空间，也是中英比较文学总结20世纪末的学科成果之经验，以饱满姿态进入21世纪的集大成之作。

莎士比亚作为世界文豪，历来受到国内研究者的重视。李伟民的《二十世纪末中国莎学研究综述》（《光荣与梦想——莎士比亚在中国》第一章第四节，香港天马图书有限公司，2002年4月）较为全面地介绍了1996—2000年中国莎士比亚著作的出版、莎学研究的最新进展和有关会议的召开等相关情况。该文章的优点在于资料比较详尽，对这五年的莎士比亚总体研究、悲剧研究、十四行诗研究以及中国作家接受莎士比亚的各类文章都加以收集，包括最新认定并编入莎士比亚全集的《爱德华三世》的研究文章也给予了重点介绍。几年前李伟民曾对1993年—1996年间的中国莎学研究撰写了综述文章，和此篇文章一起阅读，可以概览20世纪末中国莎学研究的总体轮廓。李伟民还善于对莎学研究的子话题做细致挖掘，其中第三章第五节《莎士比亚与四川》一文介绍了自20世纪30年代起至世纪末四川各类文艺团体上演莎士比亚戏剧的情况。譬如曹禺与莎士比亚的关系，以往研究多注意剧本文学层面，该篇的好处是提供了1949年前曹禺在四川参与莎剧演出的一些资料，这也是为数不多的撰写莎士比亚与中国地方文学关系的文章。中国的莎学研究还有赖于几代翻译家的共同努力，有的翻译家本身就是优秀的莎学研究者。李伟民另几篇文章（《光荣与梦想——莎士比亚在中国》第七章第一至第四节）注意到了中国的莎士比亚翻译者所做的相关研究，对孙家琇、张泗洋、卞之琳、王佐良和赵澧等人的莎士比亚研究重心与特点进行了集中探讨。譬如，他认为经历了特殊政治时期的压抑之后，孙家琇在新时期的莎学研究领域贡献巨大。其研究特点是将马克思主义、辩证唯物主义和历史唯物主义方法运用于莎学研究中，并善于将作品分析与产生的时代背景和社会环境相联系。另一位重要的莎学研究者张泗洋作为中国莎士比亚研究会副会长和国内第一个省级莎士比亚研究会会长，以非凡的毅力和投身莎学的精神，战胜了种种政治磨难，主编的重要著作《莎士比亚大辞典》将中国的莎学研究推向一个新的境界。莎士比亚另一位重要的中译者和研究者卞之琳，在20世纪50—60年代主要受俄苏莎学的影响，以阶级分析和人道主义的方法来看待莎士比亚作品。这种研究代表了那一时代中国莎学研究的主要特点和倾向性。王佐良的莎学研究主要涉及三个方面，即对莎士比亚的总体研究、对莎士比亚白体诗的研究和表明中国学者对莎士比亚的基本立场。赵澧是我国较早运用马克思主义文艺思想全面研究莎士比亚的学者之一，他注意将研究对象与时代、环境和历史相结合，将作家与同时代其他作家进行比较，还着重研究莎士比亚的总体特征与文学发展规律。李伟民的研究无疑丰富了中国莎学的疆域，将中国莎士比亚翻译者的翻译工作与不同时代相联系，并将他们的翻译实践纳入中国莎学研究的主战场，这是其价值所在。缺点在于介绍偏多、分析较为欠缺，对总结出来的若干研究特征反思不足。这些学者浸淫于莎学之中，其成就不可谓不大，所经历的弯路后人也该有所领会，对于今后中国莎学发展理应作为前车之鉴，无奈作者对此言之甚少。

此外，中英比较文学研究方面，还有许多有价值的单篇论文。包括具有综述性质的戴从容的《拜伦在五四时期的中国》（《苏州大学学报》，2003年第1期）、倪正芳的《国内近二十年来拜伦研究述评》（《娄底师专学报》，2002年第3期）和申利峰《二十世纪八十年代以来的我国毛姆研究》（《外国文学研究》，2001年第4期）等，为其后有关研究打下了良好基础。

相对而言，2001—2003 年中英比较文学领域的个案研究创见不多，学者们主要还是对以往比较研究的总结归纳和经验梳理。我们更愿意将这一阶段视为中英比较文学研究的蛰伏期，在学术史沉淀的过程中获得未来发展的动力。

1.8　中美比较文学研究

从一般印象上说，20 世纪中美比较文学的研究实绩，无论是研究数量，还是研究质量，都要略逊于中俄、中英、中法比较文学等领域。其中的原因一方面在于 20 世纪后半期的较长时间内，由于意识形态的限制，中美比较文学的历史进程被有意无意地忽视甚至歪曲，譬如中国学者对赛珍珠态度的变化；另一方面，在相当多的中国学者心中，欧陆各国文学底蕴更为深厚，与中国文学交往的历史更长，似乎更值得投入学术精力且容易有所收获。随着改革开放之后中美经济与政治的联系日益加强，中美文学交往的更多历史细节被挖掘出来；美国学派提倡的比较文学平行研究方法也被中国学者广泛认同，加以借鉴，中美比较文学研究开始呈现大幅的进步。2001—2003 年间中美比较文学发生的若干变化或能预示这一领域未来研究整体势态的转向：其一，20 世纪 80 至 90 年代的热点——中国古典诗歌影响庞德等意象派诗人的研究尚在持续进行中，中国文学不仅影响到美国文学，而思考美国作家如何创造性地进行中国书写，开展美国作家笔下的中国形象研究则后来居上。中美比较文学从对个别作家笔下中国题材的个案研究转向整体思考美国文学如何塑造中国形象的文学接受史研究；同时美国当代文学乃至文化产业不断消费和生产中国新老形象的文化现实推波助澜，使得这方面研究也朝向政治、经济、国际关系等方面深度延展。这不仅是此三年的一个重要转向，也是未来中美比较文学的显要特征。其二，福克纳、海明威等美国当代作家与中国新时期作家及文本的平行比较研究渐趋丰厚，这显然是美国比较文学倡导的平行研究使然。其三，对在中国确有生活经历的美国作家如赛珍珠等人的研究热度不减，且有总结1980年代以来研究的综合性著作问世。

2001—2003年，中美比较文学最重要的作品是张弘等人的专著《跨越太平洋的雨虹：美国作家与中国文化》（宁夏人民出版社，2002年8月）。该书系钱林森主编的跨文化丛书“外国作家与中国文化”之“美国卷”，在内容的丰富性上超过了中美比较文学领域先前的著作。作者将全书分为“中国形象的正与负”“哲理和诗美的携手”“回流激荡黑海洋”“文明的苦魂”四部分。除去第四部分美国华人文学研究不在本文探讨范围内，前三部分分别研究美国作家哈特、马克·吐温等人笔下的中国形象，中国哲学与文学对爱默生、梭罗和庞德等人的影响，美国现当代文学对20世纪中国小说、诗歌的启迪等，皆属于中美比较文学的主要阵地。从章节安排方式上，美国文学中的中国和中国人形象独占第一章，反映了作者考察19—20世纪美国作家通过亲身观察和文化想象诸种手段创造性地书写中国的重视之情，关涉到哈特、马克·吐温、杰克·伦敦、斯诺和海明威五位美国作家，也试图大致呈现一段美国人对中国或同情赞赏、或误读扭曲的书写历史。这方面研究的出现也直接影响了未来中美比较文学出现更多有关美国人心中中国形象一类的学术话题。第二章研究了爱默生、梭罗、庞德等意象派诗人及奥尼尔吸取中国文化营养并付诸文学创作的内容。第三章具体分析了惠特曼、奥登、赛珍珠、赫西、福克纳和“垮掉的一代”作家群与中国文学的多重关系。后两章延续了19世纪80至90年代的研究话题，但也有新的研究对象出现，譬如第三章第三节“流放的使徒：赫西的华夏之旅”。赫西（也译赫赛）与赛珍珠一样，在华传教士家庭出生，后来回归美国成为文坛俊彦。但长久不为人知，直到20世纪80年代初期由老作家冯亦代的几篇文章发掘而出。作者陈瑞红以较为详细的笔触描绘了赫西在华经历并分析了他以中国为题材的几部著名小说，尤其是对特里达普等青年传教士形象的分析比较细致到位。作者还指出赫西对中西异质文化交流持较为悲观的态度。这是中国学者第一次从比较文学角度较为集中地对赫西进行跨文化研究，其人其作呈现出与赛珍珠等人的不同的文化观念，也不难看出这一研究对象还有不小的研究空间以及类型意义。

书中第一部分选取的五位美国作家中，布勒特·哈特并不为国内学人所详知。作者冒健较为细致地分析哈特在多部作品中所描绘的中国移民形象，表达了对中国移民悲惨遭遇的同情，并分析了哈特作为少数族裔的犹太人，对同样处于边缘位置的中国移民能有所同情。也指出了在整体排外主义和种族主义氛围中，这种同情的程度是有限的。另两位美国作家——马克·吐温和杰克·伦敦对中国移民的态度大致构成了美国作家眼中中国人形象的两极。作者认为："杰克·伦敦视野中的中国人的精神状态，一定程度上确实是19世纪自鸦片战争后中国国势日益衰败到极点时的一种镜像。"（第67页）而马克·吐温"表达了对中国人民的友好感情和充分的理解，其言辞激烈和犀利的程度在美国作家中罕有人能匹敌"（第41页）。故而，作者褒扬马克·吐温而否定杰克·伦敦，也从后者创作的曲折过程中觉察到一个民族要有自我反省的意识。然而，作者对作家的评价似曾相识，譬如从反帝国主义的侵略角度来肯定马克·吐温，称之为"国际主义'义和团员'"。另一位亲近中国、宣传红色中国的埃德加·斯诺也被大加肯定，视为"中美大国美好友谊的最成功典范"（第73页）。不得不说，这种思考问题的方式与评还保留了一种历史的延续。

笔者认为，美国作家笔下的中国形象研究应该打破意识形态和各种偏见及惯性思维的束缚，反思以往其他诸种非文学要素压抑文学要素的历史教训，从文本分析入手，探讨文学书写的种种细节与那个时代整体文化交流之间的关系，文学形象得以产生的诸种因素以及相关意义；否则会使研究自身受到极大限制，而有违于历史和艺术的基本准则。与欧陆各国作家笔下的中国形象研究不同，美国作家是通过对各时期各途径迁移到美国的中国人做近距离的观察来进行写作的，其视角虽然往往囿于种族主义和东方主义的窠臼，但毕竟是立足于美国部分民众的本土立场。对中国人来说，对这种描写做否定性的评价情有可原，但最重要的还在于从此类描写过程中对中国文化自身进行反思，在跨文化的文学交流中为对象国及世界贡献中国文学和文化的价值，从而改变中国人和中国文化的世界形象。同样，给予好评也应基于文学本位，而不是政治和其他，不然也不会让其他国家人士真心认可。

与之研究内容相类的作品有宋伟杰的《中国・文学・美国——美国小说戏剧中的中国形象》（花城出版社，2003年1月）。这部著作在研究深度上略逊于上一部的部分章节，但在研究对象的广泛捕捉上有其优势，是一部以资料性见长的比较文学形象学研究著作。作者通过数十篇篇幅不长的文章，将美国小说和戏剧当中但凡涉及中国人以及中国题材的情节都详加整理，不乏此前不为人知的研究对象，为后人在此领域继续深挖打下了重要基础。该书以美国小说戏剧中的中国形象为题，从创作主体角度将描写中国形象的美国作家分为白人作家与华人（华侨和华裔）作家；从研究对象的角度分为在中国的中国人、在中国的美国人、在美国的中国人、把中国作为政治声明的焦点所在和描写主观想象的中国。全书以文体划分章节，基本按照以上两种标准来划取范围，分为“美国白人小说家与中国”“美国华人和华裔小说家”“美国白人及华人戏剧家与中国”三部分。在白人作家中，除了那些时常为研究者不断挖掘的作家，如赛珍珠、厄尔・比格斯等，长时间停留在研究者视线之外的格里丝・查灵・丝彤、丹・谢尔曼、厄奈斯特・普尔等作家也被着力关注并作为小节来介绍。对待美国华人和华裔小说家，作者采取了更为宽泛的标准。以往因为政治原因和研究方法的局限被忽视的重要研究对象德龄公主、郭镜秋等人被重新看待。至于“美国戏剧家笔下的中国”这类一直受到材料匮乏等因素影响的较为边缘的话题，作者花费了近百页的篇幅进行一一介绍。整体上看，该书对于很多具体作家作品的研究填补了国内研究的空白；放在十多年后的今天，也还没有哪本国内学者的著作在研究对象的丰富性上超过这本书。不足之处则在于作者没有给出这些文学作品和研究材料的版本信息，使得该书更像是一本材料汇编，也限制了该书的价值和作用。

19世纪80年代，赵毅衡以《远游的诗神》（1985年）一书开风气之先，开拓了中国古典诗歌、诗学对美国现代诗歌尤其是意象派诗歌发生影响的一方天地。该书不仅以《诗神远游》之名于2003年修订后再版，研究者更是后继有人。对意象派与中国古诗的比较研究，二十多年来经久不绝，单篇论文时有出现，但未有在总体上超出《远游的诗神》者。2003 年，索金梅用英语撰写的专著《庞德〈诗章〉中的儒学》（南开大学出版社，2003 年 8 月）出版，这是作者在南开大学获得博士学位的论文，也是中国学者第一次对庞德与中国文化复杂关系这一经典问题以专著形式进行细致探讨。庞德研究中最难之处就是他通过有限的汉语对中国儒学与古典诗学创造性误读的问题，国外学者即便有兴趣也时常力所不逮。在我国，在 1998 年才将《诗章》中的精华《比萨诗章》译为中文，而作品更如公认的《尤利西斯》一般的天书。以往中国学者的研究多致力于纯粹的诗歌艺术方面的比较，即庞德的意象派诗歌与中国古诗意象、诗律等方面的关系。这本著作则另辟蹊径，专门研究庞德代表作《诗章》中儒家乐园的想象性构建。作者认为庞德通过儒家乐园的核心主题，意在以儒家世界的美好映衬西方社会的丑恶堕落；以儒家思想为救世良方，将“仁”的思想作为最主要的精神支柱，以正己修身为贯彻儒学原则的保证。可以说，这一论点在国际庞德研究界也很有创新性，可谓中国比较文学学者立足国际前沿的一次重要尝试。但另一方面，诗人对中国文化的书写创造甚至是猜测曲解究竟占了多少成分，如何在阐释中提防过犹不及，这或许是该书需要解决的问题。另外，这本著作印数太少（只有区区 1000 册），又用英文出版，故而关注者寥寥，实在令人遗憾。

朱徽的《中美诗缘》（四川人民出版社，2001 年 10 月）一书以 43 万字的篇幅在广度上大大拓展了《诗神的远游》的研究领域，不仅继承了前书中中国古诗对美国意象派诗歌单向影响的研究，还对美国现当代诗歌在中国的翻译、传播以及对中国 20 世纪诗歌的影响有所研究。同时，作者还从宏观角度对中美诗歌交往交流的历史做出了概括性的描述。该书内容比较饱满，以 30 章分别论述的 30 个研究点几乎可以构架起一部方方面面兼备的中美诗歌交流史。该书的价值在于研究对象的丰富性，既有对中美诗学彼此影响的观照，也有对具体流派、作家在异域传播和影响的考察。还有一些过去较少注意的研究点，譬如第十八章在美国传播中国诗歌的先驱戈鲲化、第二十七章终生崇尚中国古诗和日本诗歌的雷克思洛斯（王红公）和第二十八章写仿中国诗的美国诗人凯瑟等。可以说，该书是充分吸收新时期中美诗歌比较研究的各种学说观点的综合性著作。存在的弱点则体现在对以往研究未能形成实质性突破，譬如“意象派与中国古诗”等章节基本沿袭了《诗神的远游》中的判断。总体说来，这本著作还是以提出一些新的研究对象和综合以往研究观点为主要收获。

针对中美文学比较研究的具体作家，无论从角度看，作家赛珍珠都是中美文学交流史上极为重要的人物，赛珍珠研究理应成为中美比较文学研究当中土壤深厚的研究领域。但由于意识形态的原因，这一研究在中美两国先后受到不同程度的冷落。随着赛珍珠研究在新时期打破寂静以及国内一些学者的积极努力，19 世纪 90 年代中国学界先后召开了几次具有标志性意义的赛珍珠专题学术会议，推出了作家的作品选集、评论集和传记资料，相关研究也随之开展起来。尤其是一批来自上海、南京等地的青年学者正是在这些赛珍珠译作和基础研究资料的滋养下成长起来，并成为该领域颇有实绩的中坚力量，姚君伟就是其中一位佼佼者。姚君伟的《文化相对主义：赛珍珠的中西文化观》（东南大学出版社，2001 年 12 月）是中国大陆正式出版的第一本比较文学视角下的赛珍珠学术专著，从比较文化的视域将赛珍珠研究推向深入。这本专著是作者在博士论文的基础上，用文化相对主义的理论来认识赛珍珠及其作品的一次尝试，也是该领域从材料研究和政治研究走向学术研究的标志性作品。全书分四章，探讨了赛珍珠笔下的中国人形象和中国文化，中西文化的机遇、冲突与融合，还有往往被人们所忽略的赛珍珠小说以外的文体——非小说、传记、演讲等。而在作者看来，这些小说以外的文体不容忽视，更能体现赛珍珠的文化观。作者提出，赛珍珠并不像后来的研究者那样纠缠于中西方文化的本质优劣，她所追求的恰恰是异质文化之间的和谐相处以及文化间可能的融合，并认为赛珍珠是一位“相对的文化相对主义者”，这是一个比较新颖的评价。在该书及另一篇论文《我们今天为什么研究赛珍珠》（《江苏大学学报》，2002 年第 4 期）中，作者反复阐发赛珍珠的写作对于今天我们所处的跨文化对话时代乃是足资借鉴的资源。

姚君伟的另一篇论文《近年中国赛珍珠研究回眸》（《中国比较文学》，2001 年第 4 期）在总结和回顾了新时期以来赛珍珠研究的发展历程之后，还对未来的中国赛珍珠研究提出了三个期望：呼唤不同声音的出现、呼唤更具体更客观的研究和呼唤新的研究层面的拓展。同样是学术史的论文，姚文的长处是结合自己的研究进而展望未来，而 90 年代赛珍珠研究资料的重要整理者郭英剑在其《新中国赛珍珠研究 50 年》一文基础上补充撰写的长文《论中国 20 世纪的赛珍珠研究》（《英美文学研究论丛》第三辑，上海外语教育出版社，2002 年 12 月），则是以资料性和总结性见长。这篇文章对中国学界在 20 世纪对赛珍珠及其研究的整体姿态进行了细密的梳理，其价值在于：第一确立了 20 世纪中国赛珍珠研究的三个重要阶段，即 19 世纪 30 至 40 年代、19 世纪 60 年代和 19 世纪 80 至 90 年代，使人们对赛珍珠研究的整体发展有了清晰的印象。第二是发掘了各个阶段标志性的研究者和成果，比较准确地概括了这些阶段的研究状况。比如提出中华人民共和国初期赛珍珠研究向“左”转的源头——苏联学者谢尔盖耶娃的中译文章；再如挖掘了 19 世纪 30 至 40 年代早期赛珍珠研究的若干资料，并指出这一时期的研究已经达到了相当的高度。尤其难能的是作者注意到了 19 世纪 60 年代赛珍珠研究的某些倾向实际上是与 19 世纪 30 至 40 年代具有若干关联，并指出即使是政治批评，也是具有学术意义的。这都体现出作者比较开阔的视野和深刻的分析能力。另外，刘海平的《赛珍珠与中国文化关系的研究资料小识》（《镇江师专学报》，2001 年第 4 期）对新发现的赛珍珠发表于 1930 年《金陵光》上的英文论文《中国早期小说的起源》以及她在北平华文学校演讲及生活的有关材料进行了重点介绍，也具有重要的材料意义。

值得一提的是，《镇江师专学报》（社会科学版）和《江苏大学学报》（社会科学版）均开设了“赛珍珠专题研究”，在三年中推出了顾钧的《赛珍珠创作中的美国因素》、朱希祥的《全球化语境中的赛珍珠研究》等 20 多篇高质量的论文。作为地方高校学报，能这样积极致力于专门学术，凝聚学术要点，是十分让人钦佩的，也切实地响应了姚君伟“更具体更客观”的研究呼吁。2001—2003 年，全国共有 40 多篇赛珍珠研究论文和一部专著发表，使得这一阶段的赛珍珠研究成为中美比较文学乃至中西比较文学中最为活跃的领域之一。

另外，张子清与两位美国学者戴维·埃文斯、简·埃文斯共同主编的《文化相聚：美国作家、学者和艺术家在中国》（广西师范大学出版社，2003 年 9 月）一书集中翻译了一大批在华工作、学习、访问过的作家、学者和艺术家们笔下涉及中国的文章，共 50 篇。虽然这些文章并非严格的学术论文，但记载了这些特殊知识人眼中各时代的中国人物及事件，有其特殊意义，譬如美国学者韩南的《忆吴晓玲》等篇。在某种程度上，属于一种特殊形式的美国作家在中国的研究，无疑从材料上丰富了中美比较文学。

中美比较文学领域中还有一个重要的部分就是对美国华裔文学的研究，包括美国华裔英语文学和汉语文学。其中，美国华裔英语文学及其所属海外华裔英语文学研究（海外华裔其他西方语种文学作品研究在 2001—2003 年尚未见到）是显而易见的比较文学新兴领域。其发展历史尚短，比较成规模地进行研究不过是 20 世纪 90 年代以后的事情，整个 19 世纪 90 年代有关论文也不过几十篇。2001—2003 年，海外华裔英语文学研究进展迅速，仅三年间就发表了 150 篇左右的专业论文。其中，2001 和 2002 年各有近 30 篇研究论文，2003 年则有近 70 篇研究论文。崭新的研究领域吸引了越来越多的研究者投入精力、付诸实践，许多前人未曾注意到的研究话题被加以重视，鲜有关注的“边缘作家”被发掘出来。在海外华裔英语文学研究渐趋成长为重要研究领域的同时，美国华裔文学、澳大利亚华裔文学、加拿大华裔文学、欧洲华裔文学、南美洲华裔文学以及海外移民文学也都渐渐发展为富有吸引力的子领域，其中成就最为显著的就是美国华裔文学。

在海外华裔文学中，美国华裔文学研究是重中之重。不仅在总体研究数量上一直居于首位，而且黄玉雪、汤亭亭、谭恩美、赵健秀、任碧莲、黄大卫（黄哲伦）几代华裔作家也是这三年中大陆研究者们津津乐道的对象；不仅有对重点作家作品的细致分析，还有对美国华裔文学整体代际的划分梳理。

可以说，通过这三年的针对性研究，汤亭亭和谭恩美已确立了美国华裔文学和海外华人华裔文学的标志性地位。许多研究中国20世纪文学的学者也把注意力投入这个领域，使这一领域的研究具有重新书写20世纪中国文学史的倾向。卫景宜的《西方语境的中国故事》（中国美术学院出版社，2002年7月）是国内第一本研究海外华裔英语文学的专著，也是第一本较为系统地研究作家汤亭亭的专著。该书在充分占有第一手英文资料的基础上，对美国华裔文学的历史发展做出了较为清晰的爬梳，并将美国华裔文学写作的主题定为中国文化的表述。在美国华人移民的艰辛历史和美国主流文化尤其是战后非常时期意识形态的作用下，美国华裔作家将书写中国题材和改写中国文化事物作为文化生存和抗争的手段。当代美国华裔文学通过抗衡美国文学主流中“华人形象”的规约性描述成为其写作的重要构成，并且直接影响到他们的写作意向及其样式。该书题名虽为“西方语境的中国故事”，实际主要以汤亭亭的三部小说《女勇士》、《中国佬》和《猴王孙悟空》为中心。《女勇士》在美国19世纪60至70年代的文化变革中脱颖而出，将美国华裔隐形的辩白转化为公开的声音，并运用后现代文学中的拼贴手段，对五花八门的中国符码与中国意象进行富有创造的改写仿写，从而发挥了美国华裔文化的边缘特征，并通过塑造“花木兰”的现代神话形象，对美国社会的整体价值发出质疑和挑战。《中国佬》则在借用中国文化传统“关公”情结的同时，对西方文化中的“奥德赛”与“鲁滨逊”等经典形象进行了挪用与戏仿，重新书写美国华人历史。《猴王孙悟空》以更为混杂、多元的文学声音，对美国社会中的种族偏见进行了驳斥和批评，并借用“西方梨园”这个混杂文化的意象描绘出一个具有广泛包容性的新型社群。最后作者得出的结论是汤亭亭在她三部小说中创立了一种独特的叙事模式——挪用和改写中国典籍的人物形象和传统故事，演绎美国时空的华裔生存状态，构建新的华裔文化形象。这一结论是建立在充分的文本阅读和文化还原的基础之上，是比较站得住的。该书对英文“Identity”翻译成“身份”还是“认同”的分析，也为以后的研究提供了参考。

此外，饶芃子在这方面也有较大贡献，她的《跨文化视野中的海外华文文学》（《汕头大学学报》，2001 年第 1 期）、《大陆海外华文文学研究概况》（《世界华文文学论坛》，2002 年第 1 期）等文章采取了更广的视野看待这一新的研究领域。作者是海外华文文学坚定的宣传者和研究者，通过她领导的学术团队及其他同仁的努力，中国的海外华文文学取得了蓬勃发展的势态。面对这一势态，我们在欣喜之余不免还有一些期待。譬如，研究内容过于集中于汤亭亭、谭恩美、任碧莲、赵健秀等“经典作家”，有些理论视点的运用没有突破西方后现代主义、身份研究等理论的窠臼，研究手段还较为狭窄，尤其是对美华文学的整体认识基本建筑在经典作家、经典作品的认知基础上。一方面应对西方后现代理论的理论限度有所警惕；另一方面应从中国本土立场出发，从基于大陆自身学术发展建设方面提出更多有益有理的视角。另外，绝大多数海外华裔作家仍然处于较为活跃的创作状态中，他们的创作势态仍然存在多种发展的可能。面对这个充满变数的旺盛群体，更重要的工作在于对重要文本和作家做扎实可靠的细读分析，而不是急于得出整体性的结论。夯实基础才会加深我们对文学现象的认识，会开拓出更为新颖的研究思路，也会切实地提高大陆海外华裔作家文学的整体研究质量。

1.9 中国与西方其他国家的比较文学研究及西方各国之间的比较文学研究

随着中国比较文学研究日益发展，中国与西方其他国家的比较文学研究也朝向可喜的方向开展起来。这方面由于已有研究数量并不很多，深度也属有限，因而新出研究往往能够取得较为明显的突破，这或许也是文学研究的一种“后发优势”。

中国与希腊的比较文学研究，尤其是针对古希腊文学的比较文学研究取得了较为丰硕的成果。希腊文学作为西方文学源头之一，历来得到中国的外国文学研究界重视，但以专书方式进行全面的资料搜集和专门研究还不多见。

孟昭毅与余久洪合著的《古希腊戏剧与中国》(吉林人民出版社，2001年12月)是其中较为突出的一部。该书共分为总论编、悲剧编、喜剧编和影响编。在影响编中，该书介绍了古希腊戏剧对欧洲其他各国文学的影响，尤其是作为西方戏剧源头的历史性作用。其中“古希腊戏剧的古埃及影响”和“阿里斯托芬在俄苏”都是以前中国学者较少注意的研究话题。作者站在中国本土立场，对古希腊戏剧在中国的译介、出版、演出等方面的情况做了资料的搜集、整理，还对20世纪中国现代作家曹禺、郭沫若、李健吾、老舍等创造性地接受古希腊戏剧影响做了简明扼要的研究。这是第一部中国人书写的古希腊戏剧与中国的比较研究著作。该书提出了许多值得深入研究的话题，但由于篇幅所限，以及作者把不少精力分配到了古希腊戏剧本体研究方面，这些话题还有相当大的空间值得后来者继续探索。作为从事外国文学和比较文学教学的研究者，自觉地从比较文学角度对西方文学某一阶段与中国多方面的关系进行梳理总结，毫无疑问是值得肯定的。

中国与北欧文学的比较研究主要与易卜生、安徒生两位作家有关。易卜生对中国现当代文学的影响是中国比较文学的经典话题，常有论著在个别问题上有所推进。对作家整体创作接受影响的重要论文是王忠祥的《中国接受易卜生及其剧作史迹——易卜生的戏剧与中国现代文学》与何成洲的《剧诗：易卜生和中国话剧》(均出自王宁编：《易卜生与现代性：西方与中国》，百花文艺出版社，2001年3月)。《易卜生与现代性：西方与中国》一书是1999年举办的“易卜生与现代性：易卜生与中国研讨会”的论文集，这两篇文章均被收入书中第二编“易卜生与中国”。王忠祥的文章以综合性见长，中国接受易卜生的翻译、出版、演出、译介均有所涉及，易卜生对五四戏剧和小说的影响介绍尤为翔实。何成洲的文章以文本细读见长，作者对《野鸭》《雷雨》《秋声赋》舞台意象的分析比较细致，进而从作为诗和写实结合的意象出发来对不同文化系统戏剧进行比较，得出结论说中国话剧意象重在抒情，易卜生话剧意象偏重说理。“剧诗”和舞台意象的角度却为前人较少涉及，但文章篇幅所限，作者仅从个别几部戏剧作品出发得出综合结论，略有材料单薄之嫌。

另外，王宁的《作为艺术家的易卜生——易卜生与中国重新思考》（《外国文学研究》，2003 年第 2 期）是富于理论力量的论文。文章认为在中国现代化进程中对于易卜生的接受构成了误读，在国际易卜生界形成“返回艺术家易卜生”的呼声中，作者提出“易卜生化”（Ibsenization）的理论构想，借此来解释日益频繁的文化交流过程中所发生的理论变形。

对我国现代文学影响最深的莫过于《玩偶之家》，我国作家塑造的现代女性往往以主人公娜拉为原型。袁高远的《“娜拉”形象在中国现代作家笔下的嬗变》（《四川师范大学学报》，2001 年第 1 期）分析了娜拉形象在中国现代作家笔下的不同演绎，包括以“出走”为终点的田亚梅（《终身大事》）、“不是堕落，就是回来”的陈白露和子君、“出走”后实现了自我解放从而超越娜拉的梅行素（《虹》）。当然，梅行素是否算是自我解放的人物可以讨论，毕竟“出走”之前的女性才是娜拉形象探讨的基本范畴，“出走”之后如何只能是文学书写的想象性延伸，牵扯的各种因素太多而不易讨论。陈鉴昌的《郭沫若易卜生笔下的“娜拉”比较》（《乐山师范学院学报》，2001 年第 1 期）把郭沫若历史剧中的女性形象同娜拉形象联系起来比较，堪为一种有益尝试。孙惠柱的《娜拉出走以后该到哪儿去？——我看〈玩偶之家〉的跨文化版本》（王宁编：《易卜生与现代性：西方与中国》，百花文艺出版社，2001 年 3 月）分析了 1997 年吴晓江导演的改编本《玩偶之家》。新作品将娜拉形象置于世纪末的跨国婚姻当中，作者经过观察从更广泛的跨文化视角来延续思考“娜拉出走何去何从”的话题，这也是易卜生文学旧瓶总能酿出新酒的生动演绎。

易卜生进入中国已有近百年的历史，无论是翻译、演出、研究和再创造，都可谓是硕果累累，对现代中国的影响不可谓不透彻。作为 20 世纪中国比较文学最为经典的话题之一，不同学者能从相关学术史的角度加以总结归纳，可以反映我国比较文学正在渐趋成熟，学科意识有所增强。

随着我国儿童文学及相关研究的开展，从比较文学方面研究西方童话，尤其是研究安徒生及其童话的论文渐渐增多。在三年中用功最勤的是青年学者李红叶，她陆续发表了四篇论文，包括《安徒生童话经典品格的追寻与叩问——兼论其对当代中国儿童文学的意义》（《漳州师范学院学报》，2002 年第 1 期）、《叶圣陶与安徒生——兼论中国现代儿童文学对安徒生童话的接受》（《中国文学研究》，2002 年第 2 期）、《曹文轩的小说艺术与安徒生童话》（《湘潭师范学院学报》，2002 年第 2 期）、《安徒生童话在“五四”时期》（《湖南师范大学社会科学学报》，2002 年第 3 期）。这些论文涉及安徒生童话对中国现当代童话创作文体形式、艺术精神等多方面的影响，也从中国儿童文学主体出发梳理了五四作家发现并接受安徒生的部分轨迹。由于论题比较分散，尚未形成合力的作用，但是毕竟反映出我国比较文学青年学者已经能自觉地站在跨文化立场从多个层面进行文学研究的思路，未来在这一领域以作者为代表的一批学者取得更大成绩自在情理之中。

此外还有两篇相关论文也比较有特点。唐均、杨天舒的《安徒生“海的女儿”文学形象原型考析》（《湘潭师范学院学报》，2001 年第 6 期）是一篇比较成功的故事学研究论文。作者通过对“水仙女”在斯拉夫语、拉丁语、俄语、古普鲁士语、赫梯语等语缘之间的考辨，提出“小美人鱼”形象应该归于“仙妻类型”，以及原始的令人恐怖的仙女形象后经文人加工而发生形象变异。虽然文章在逻辑上也有不尽周延之处，但作者运用多种语言和比较故事学等多种研究方法，还是给人留下了较为强烈的印象。作者其时还是中国古典文学专业在读的研究生，能有意识地突破现代学科壁垒，自发运用比较文学提倡的跨文化、跨学科、跨语言的若干方法，值得赞赏，也反映出我国比较文学界青年一代的知识积累和眼界面貌，也表明比较文学作为视野方法在我国文学院系中的研究作用正在加强。潘一禾的《安徒生与克尔凯郭尔》（《浙江学刊》，2001 年第 6 期）运用克尔凯郭尔的哲学理论将安徒生童话作为一种特殊的现代性言说，也颇有新意。值得关注的是 20 世纪 80 年代中国比较文学界提出“阐发研究”，即运用西方文学研究理论对中国文学进行研究阐发，也引起了一番争论。对于潘文所论，安徒生和克尔凯郭尔虽然是同胞，但未必有彼此影响的关系存在（或者作者用意并不在此）。凭中国学者特有立场，以其一之理论阐发另一之文学，是否也属于一种西方文学内部的阐发？或许可以值得思考。

中国与西班牙文学的比较研究主要体现在塞万提斯及《堂吉诃德》等文学经典在我国的接受研究。夏元明的《〈莫须有先生传〉与〈堂吉诃德〉之比较研究》（《黄冈师范学院学报》，2001 年第 6 期）不仅属于中国与西班牙文学的比较研究领域，也属于中国文学借鉴西方文学影响的研究领域。作者认为莫须有先生与堂吉诃德一样，都属于理想型的主人公；两部作品都属于现实主义作品，着眼于社会批判。但西班牙作品批判面广，还具有形而上的批判自觉；废名从《堂吉诃德》中学到了游戏性文体的形式手法，以及胸无全书而涉笔成趣的写作思维。这些观点对于我们更好地理解废名，并从作家吸收外来影响角度反证塞万提斯的价值，均有意义。当然在第三、四两点上还可在研究上做进一步深入探讨、发挥。作者不像陈思和等学者那样具有从中国文学主体性立场出发的思路，仅从作品的艺术价值单向度着眼，得出“《堂吉诃德》终究是世界级文学名著，《莫须有先生传》只能算一部试验性的著作”的结论，某种程度上未能在中国现代作家参与世界现代文学性进程这一层意义上有所斩获。这也从另一个侧面证明了“中国文学的世界性因素”这一新领域，或许可以一解传统比较文学中影响研究总也不脱文学关系研究窠臼的困窘，因而具有重要的学科意义、理论意义和实践意义。

陈国恩《〈堂·吉诃德〉与 20 世纪中国文学》（《外国文学研究》，2002 年第 3 期）和刘武和《堂吉诃德的中国接受》（《云南师范大学学报》，2002 年第 3 期）都是与此相关的重要文章。前文其实主要是对中国现代文学阶段消化、吸收堂·吉诃德形象的精神营养，从而诞生的一系列与之相关的文学形象。该文好在作者能把握现代文学中多个堂·吉诃德形象的发展轨迹，也能注意中国作家之间的差异，譬如认为废名把禅佛之悟当作深陷乱世时的精神出路，这与鲁迅受《堂·吉诃德》的影响创作《阿 Q 正传》的思路不同。作者把握中国作家的两类堂·吉诃德形象的差别尚可成立，但没有注意到鲁迅是对中国人的整体发言，因而要努力改造国民性；而废名的“精神出路”更多是反求诸己，缺乏批判也属自然。后文主要强调中国读者对堂·吉诃德形象的理解发生了三次变化。两篇文章都肯定了世纪末《堂·吉诃德》翻译热潮的意义。

与意大利文学有关的比较文学研究，多年来一直有“但丁与屈原”话题的论文出现，这三年也有几篇，无奈少有新意。较有特色的是刘晓文《但丁与阿拉伯—伊斯兰哲学——中世纪东西方文化交流的成功范例》（《中州学刊》，2002 年第 5 期）。论文认为但丁《神曲》创作受到阿拉伯“逍遥派”哲学“溢出说”的影响，《神曲》“二重性”得益于阿拉伯哲学“双重真理”观，但丁“诗为隐喻”的诗学同样有阿拉伯—伊斯兰哲学的渊源。中国人在理解中世纪末期及文艺复兴滥觞时，一般认为是西方古典在东方的重新发现及东方文化文明传入欧洲的作用，但对哲学思想的传入流回总是语焉不详。这篇论文在理解但丁的局部问题上有所贡献。对于薄伽丘《十日谈》对乔叟《坎特伯雷故事集》的影响，也是比较文学中的经典话题。肖明翰《〈坎特伯雷故事〉与〈十日谈〉——薄伽丘的影响和乔叟的成就》（《国外文学》，2002 年第 3 期）是一篇比较有代表性的文章。作者对两部作品文本细读的工夫十分扎实，认为乔叟在塑造个性鲜明的人物形象上更为出色，人物对彼此讲述的故事也能从个性出发而各有评价，这样有利于作品的整体结构安排；人物的讲述明显受到天主教“忏悔”的影响，乔叟在此基础上为英语文学贡献了戏剧性独白。乔叟和薄伽丘一样在各自作品中第一次把市井故事引入本国文学，他接受薄伽丘根源之处在于人文主义思想。吴桂华《东西方“十日谈”比较研究》（《北方论丛》，2001 年第 5 期）从人道主义的角度比较了《十日谈》与描写“老三届”知青灾后重逢讲述“文革”的《东方十日谈——老三届人的故事》。

中国与拉美文学的比较研究方面，王则蒿《博尔赫斯的“中国”》［《五邑大学学报》（社会科学版），2001 年第 2 期］是为数不多但有一定质量的佳作。作者对博尔赫斯作品的阅读较为细致，也不像一般近似论题文章采取

“某某作家笔下的中国题材”的套路，而是选取了作家吸收中国文化的诸种因子化合而成的若干论题，譬如“中国百科全书：凝固时间的努力”“一与多：博尔赫斯·庄周·梦”等，对文本分析得也比较到位。其实，这类文章容易落入窠臼，陷入对中国题材泛泛而论，有推演而少概括，相对来说这篇文章是比较成功的。

相对于其他欧美各国，中国对大洋洲文学研究较少。中国与澳大利亚和新西兰的比较文学研究就更为稀罕。王腊宝的《澳大利亚诗人与中国》（《外国文学》，2001 年第 1 期）是较早探索这一领域的文章。作者理论功底较强，从分析近 200 年澳大利亚作家的文化认同入手，梳理了澳大利亚诗人书写中国的简要历史，尤其是介绍了 20 世纪最后 20 年对中国题材进行文学书写成就较大的一批作家，这些内容一般来说并不为国内学界熟知。当然这一领域可开凿空间还很大，作者所开辟的路径未来必定能够吸引更多研究者涉足。关于澳大利亚华人文学，钱超英编《澳大利亚新华人文学及文化研究资料选》（中国美术学院出版社，2002 年 7 月）搜集了近 50 篇文章，奠定了这方面研究的资料基础。

东方国家与西方文学比较研究领域中，一些此前较少挖掘的新论题也有出现。傅俊的《异质文化的吸收与变形——透视日本的“安妮热”》（《外国文学研究》，2001 第 4 期）是一篇典型的接受研究论文。文章研究了加拿大当代作家蒙哥玛利的儿童文学作品《绿山墙的安妮》如何被日本读者接收和喜爱的文学现象。该书在日本不仅译本发行量巨大，还被开发出了多种形式的文化衍生品，使红发安妮成为最著名的加拿大形象。作者认为，形成这一巨大市场效应的原因主要在于社会文化方面。战后日本满目疮痍，急需重建家园，安妮积极乐观、拼搏努力、善良淳朴的精神契合了日本人的心理，而且安妮喜爱说话的性格，让深受儒家传统影响、秉承“沉默是金”的日本读者感到新鲜好奇；安妮故事里有不少是写她在寄宿学校的生活，尤其是她刻苦努力、积极进取的精神，这跟日本教育传统精神也是不谋而合的；同时，蒙哥玛利着力描写的乡村农舍风光，对在现代文明中倍感压抑的日本民众起到了一定的心理补偿作用。日本译者选择“红头发的安妮”这一变通的译法也弥补了日西文化差异，利于作品被日本读者接受。《绿山墙的安妮》并不为中国读者所熟识，加拿大文学与日本文化的关系也从来不是比较文学研究的重点。作者能注意到这一较为“边缘”的话题，从比较文学接受研究的角度和方法来解读这部作品在日本的境遇，无疑丰富了东西比较文学的范围。

印度文学同英语文学的交往互动，不仅催生了印度英语文学这个宁馨儿，还可以作为东方文学与西方文学交往历史的佳例，很有研究价值。梅晓云《印刷资本主义的兴起与英—印文学交往关系》（《外国文学研究》，2002 第 2 期）是一篇从宏观着眼探索英印两国文学关系的佳作。成功之处在于作者有较坚实的理论素养和宽厚的文化眼光，从印刷资本主义这个较为新颖的视角来理解印度现代文学作为新生事物与印刷资本主义之于书写文明的传播之间的密切关系。此文重在提炼观点，而非历史描述和文本分析，未来还需更大篇幅的论著加以丰富。尹锡南《论〈印度之行〉中的印度——“殖民与后殖民文学中的印度书写”研究系列之一》（《南亚研究季刊》，2003 第 4 期）主要研究了 E. M. 福斯特《印度之行》中并存的多种印度形象。作为最广为人知的描写印度的西方作家，福斯特笔下的印度形象、人物塑造及空间描绘都有着十足的比较文学价值，作者笔下均有较为细致的展开。未来包括作者在内的一些青年学者进而研究“英国文学中的印度”，范围更为广泛，这篇文章堪为一个好的开始。

这方面的论文还包括林丰民《惠特曼与阿拉伯旅美诗人纪伯伦》（《阿拉伯世界》，2002 第 1 期）、刘闽《向东方吹笛的歌者——从〈东西诗集〉看歌德对伊斯兰文化的景仰》（《回族研究》，2002 第 1 期）。前者探讨了惠特曼与纪伯伦诗歌在语言运用、音乐美感、色彩运用、叛逆精神以及神秘主义方面的某些共性，认为二人的神秘主义都具有泛神论和自然神秘论的某些特点，以及与自然紧密关联。文末指出纪伯伦受到惠特曼的影响，但并未展开分析，略有遗憾。后者重点分析歌德诗集《东西诗集》中对伊斯兰教和《古兰经》的赞颂，尤其是波斯诗人哈菲兹对歌德的影响。

西方各国之间的比较文学研究一直受到中国学者的重视，虽然成果总嫌不多，但随着作家作品个案研究的加深，也时有新作问世，并出现一些新颖的论题。值得关注的论文包括刘佳林《纳博科夫与堂吉诃德》(《外国文学评论》，2001 年第4 期)、王莉娅《〈看不见的人〉与〈小癞子〉等流浪汉文学的异同》(《北方论丛》，2001 第5 期) 等。刘佳林的文章侧重对纳博科夫明确的堂·吉诃德文学因缘进行研究，纳博科夫不仅想把这部作品改编成戏剧，并高度认可作品的价值，写出了《堂·吉诃德讲稿》，对堂·吉诃德形象充满了理解和同情。在作者看来，纳博科夫的家族气质、流亡状态和人道情怀，都促成了特殊的接受语境，因而作家创作的多部作品中堂·吉诃德的灵魂时而显现，同时也发挥逆向思维塑造出相反的偏执性人物。作者对文学影响的复杂性有充分认识，而不似一般影响研究往往寻找倒影式的投射，这是文章的高明之处。王莉娅从流浪汉小说渊源角度来理解艾里森《看不见的人》，立意较新。作者注意到了美国文学中也存在流浪汉小说的线索，但对这一传统的认识和梳理尚嫌不足。

1.10 外来文化思潮与中国文学关系的研究

外来文化思潮与中国文学关系部分一直是中西比较文学标志性的研究领域。西方文学对中国文学发生影响，既是文人作家对西方文化的个体吸收以及文学呈现，也是伴随着西方文化大潮对中国文学文化剧烈冲击的整体势态，中国文学在世界现代化语境中发出的特殊声音。事实上，这也是20 世纪以来中国比较文学从实体研究到学科建立的基本背景。同时，这也是以作家、作品和文学事件为主的东方比较文学所不具备的特殊领域。因而，研究西方文化、文学思潮在现代中国的传播、接受、阐析与影响就成为中西比较文学的题中之义，有时甚至超出了比较文学的范围，而进入了更为宏大的比较文化领域中。

1980—1990 年，比较文学界出现了为数不少总结外来文学、文化思潮在中国传播发展的著作，各有其成就；2001—2003 年间，外来文化思潮与中国文学关系的研究成果则以总结这些既有研究见长。一方面出现了一些资料性汇编的著作；另一方面有些学者通过新材料的发掘、新视角对旧材料的重新阐释，而获得了一些基础性的成绩，为以后的研究打下了较为坚实的基础。张大明编著的《西方文学思潮在现代中国的传播史》（四川教育出版社，2001 年 1 月）就是这样一部综合性突出的著作。作者在自序中说该书起初由多人合作并有更为庞大的计划，后来因为各种原因由作者一人独立完成。该书体现了 19 世纪 90 年代以来中西比较文学研究的若干思路，全书重点搜罗了中国学者在 20 世纪对新浪漫主义、象征主义、唯美主义、左翼文学思潮、马克思主义文学理论、社会主义现实主义、20 世纪现代主义中的若干流派（未来主义、表现主义、达达主义、意象派、新感觉主义、超现实主义及其他）等思潮做出的较有代表性的表述。比如序言中举罗家伦、华汉（阳翰笙）、鲁迅、王平陵、胡兰成、卞之琳和朱光潜等人的文章来从整体上说明中国现代文学与西方文学的关系。这种研究策略的重要前提是作者应具备非常深厚的理论素养和强大的逻辑分析能力，否则容易流于介绍、浅尝辄止，所谓传播史容易变成文化名人们观点看法的罗列。所以，尽管该书长达 63 万字，对于这些西方文学思潮在现代中国传播过程中究竟发生怎样的作用与影响，对中国文学发生了怎样的艺术作用，所言却不太多，似乎主要用力于对传播事实的梳理。当然，该书的资料搜集难度较大，撰写中可能过于依赖人力检索，这也是当时缺乏电子检索等现代技术手段带来的遗憾。

朱德发《世界化视野中的现代中国文学》（山东教育出版社，2003 年 3 月）是一部采取世界化视角审视中国现代文学流派传统、作家作品的专著。作者使用了较为冷僻的“世界化”一词，旨在强调现代化和民族化的双重语境。虽然这不是一部纯粹意义的比较文学著作，作者也主要以中国文学研究者的身份出现，但可以表明认识和研究中国文学，尤其是现代文学，只有具备世界文学整体的眼光和比较文学理论方法的浸润，文学研究的发展才成为可能。

在基督教对中国文学影响方面，王列耀《基督教文化与中国现代戏剧的悲剧意识》（生活·读书·新知三联书店，2002年6月）是在作者博士论文基础上修改完成的专著。全书分为四章，分别为中国现代戏剧中悲剧意识的产生，基督教文化对中国现代戏剧悲剧意识的影响，中国现代戏剧悲剧意识的拓展和中国现代戏剧悲剧意识的特征。作者认为相比小说家，中国戏剧家更重视广义的基督教文化，在悲剧特征表现为：悲剧起源具有社会性与时代性烙印的人的原欲，悲剧冲突既是人物与社会冲突也是悲剧人物自身性格的冲突，悲剧人物存在善恶交织的状况，悲剧事件以毁灭性为主等等。总体来看，该书似乎过度拘泥于学位论文的体例格式，譬如在引言部分对基督教、悲剧意识等概念进行了较为严格的界定，却忽略了对这一学术话题缘起的学术史回顾及针对性表达，显得平稳有余而问题意识不强。全书对中国现代戏剧作家的作品也主要集中在曹禺戏剧和王尔德《莎乐美》的翻译剧本上，材料略显薄弱。

鲍昌宝《穆旦与〈圣经〉——兼论穆旦的三部诗剧》（《中国比较文学》，2001年第4期）一文捕捉到非基督教徒的穆旦与《圣经》间的影响关系，表现了一定的学术敏感。文章认为，《圣经》是穆旦创作的文化原型，与其他文化因素共同构成穆旦复杂的话语体系，譬如神的放逐与受难，上帝的内涵与作用等。但这篇文章也有缺点，就是对《神魔之争》等三部作品"诗剧"文体重视不够，事实上《圣经》中的某些篇章也是被现代学者视为"诗剧"的，还有不少可以辨析之处。

郑家建《中国文学现代性的起源语境》（生活·读书·新知三联书店，2002年7月）也是一部在博士论文基础上修改出版的专著。虽然含有"现代性"议题，但该书不像前述王一川和杨联芬的著作那样集中，而是从大的文化语境方面来探讨中国文学与现代性有关的子问题。该书分为"寂寞的前驱——严复与中国近代自由主义思想""置身于思想史背景的五四""文学史的新视野""小说类型研究：理论与实践""文本的诗学分析：小说、散文"五章。其中的若干研究要点已经远超过文学范畴，而进入思想史领域。或许因为论题过于庞大，章节之间显得有些分散。

另一部博士论文为马永强《文化传播与现代中国文学》（安徽大学出版社，2003 年 1 月），该书从现代传播、公共舆论、文学生态、传播符号等方面解读中国现代文学，某种程度上也应用了比较文学跨文化和跨学科的学术思维。

纵观 2001—2003 年间的中西比较文学研究，可以感受到它的勃勃生机以及壮观宏伟的整体景象。中国学者敏锐地捕捉到许多未发表的研究论题，还能从中国学术主体立场出发，以一种真正体现比较文学跨越文化、语言、学科的宏大眼光来进行研究，也能通过多种文学文化实践的交互过程深化文学研究的力量。经历了中国比较文学自改革开放之后的蓬勃发展，站立于 21 世纪之初，中西比较文学具有充分和自发的学术总结和学科归纳意识，出现了不少综述性的研究，集大成者即王向远《中国比较文学研究二十年》（江西教育出版社，2003 年 7 月）。该书对 1980—2000 年间的“中法文学关系研究”“中英文学关系研究”“中美文学关系研究”“中德文学关系研究”“中国与西方其他国家文学关系研究”“民间文学的比较研究”“中西诗歌比较研究”“中西小说比较研究”“中外戏剧比较研究”“中外文艺思潮研究”“中外文学关系史的总体研究”等中西比较文学主要的研究领域以专章形式进行了全方位和概括性的研究，对这些范围内的重要的和代表性的研究依据学科内部逻辑给出了符合学科历史和文学审美的评价（详见本书“比较文学学科理论”部分）。值得赞叹的是这本以材料翔实、评论精当著称的大部头著作竟然由作者一人独立完成。可以这样说，中西比较文学的研究领域在扩大，研究程度在加深，研究视角及运用方法渐趋多样，涌现出来的学术成果也越来越多，未来十分值得期待。

同时，中西比较文学发展过程中也暴露出一些问题。在研究策略上呈现为总体研究偏重于宏观描述，个体研究偏重于细节挖掘，表现出过于宏观与过于琐细并存的状态，缺少能站在学术制高点上对个案进行扎实、细密的研究，缺乏科学和逻辑结合程度高的研究。在研究方法上，还有相当数量的论文拘泥于狭义的影响研究和平行研究；在研究对象上，选题重复化、同质化情况还时常出现。许多论文因为逻辑严谨性的欠缺和批判性思维的缺乏，造成一方面不同学者不约而同地选择相近论题，交集过多；另一方面学者之间又缺少真正对话，仿佛在自说自话。这就造成了学术力量的浪费，学术效益的降低，也势必影响学术的质量。同时，许多专著由于隶属于国家科研项目体制，几人牵头、具体编撰的形式并不少见，很难保证统一的质量。如果能够在这些方面加以调整、纠正，相信中国的中西比较文学研究一定会朝着更为自信、自立、自足的方向前进。

2　横瞰中西美学、文学中的自然

自然是人类赖以繁衍生息的所在。人类与自然的关系构成了人类历史发展的重要内容。随着20世纪下半叶生态科学的迅猛发展，人们开始重新认识经济发展带来的环境污染问题，逐步重视保护自然环境，思考经济生产和人居生活的新形式。生态意识浸润了人文领域，一些有识之士开始关注景观中蕴含的美感，并向荒野寻求美学价值。如何面对自然，并从自然中汲取美学要素，成为当代美学研讨的重要议题。研究自然、生态、环境中的美与人类反思现代文明发展招致的诸多社会问题紧密相连。

2.1　美学史上的自然

自然美泛指日月山川、鸟兽虫鱼等自然事物中蕴含的美。自然赋予古人最早的美学经验，自然美是美学最基础的形式之一；或者说美学正是在人类漫长的对自然的审美实践中初具形态的。在现代美学中，自然美连锁引发出景观、环境、生态中的美，从而成为现代美学的中心问题之一。然而，自然美又是当代美学中最难解决的问题之一，屡屡为美学体系的建构制造障碍。

从历史来看，现代美学家最早是从自然和艺术的关系来研究美学的。如今，我们可以尽情欣赏旅游观光途中随处可见的自然之美，在观念上也很容易接受自然存有现代生活中少有的美。甚至有的人认为只有自然才是美的，或者自然全美。但在美学史上，自然美所处的地位却几经沉浮，在相当长的时期内，艺术才是美学家们认定的主体性乃至唯一性的审美对象，或最高形态的美，自然美只是作为艺术美的一种参照。

在古希腊时期，哲学家们穷究的是美的本质问题，自然美还没有成为一种美学范畴。毕达哥拉斯学派提出美在形体、声音、线条、色彩的和谐、对称和比例整齐。这种观点以艺术品为主要研究对象，只是在探讨比例时提到了人体美。自然在艺术面前扮演了不起眼的角色。赫拉克利特等哲学家讨论自然的时候都是本着万物有灵论的思想，人类还没有将自然作为对象化。然而，以后人们将自然对象化、外在于人类的做法，又招致自然审美的逼仄。

真正将自然美与艺术美进行系统比较研究是在德国古典哲学时代。德国古典哲学奠基人康德认为，美与概念无涉，是无功利、无目的的。世间万物唯有自然物才是真正的无功利、无目的。与之相反，人工物都是有目的制造的产品。因而，康德认为自然美较之艺术美具有优势，“自然美对艺术美的这种优点（哪怕前者在形式上甚至还可能被后者所胜过），却仍然单独唤起一种直接的兴趣的优点，是与一切对自己的道德情感进行过培养的人那经过净化和彻底化的思想境界相一致的。……我们将以高度的尊敬来看待他的这一选择本身，并预先认定他有一个美的灵魂，而这是任何艺术行家和艺术爱好者都不能因为他们对其对象所怀有的兴趣而有资格要求的”①。康德将自然界的美概括为秩序，这种秩序与道德秩序相类，并将其视为“不是从外界强加到感性的或自然的要素上去的”②。

德国古典哲学的集大成者黑格尔与康德态度相反，他否认自然相较于艺术的优势，只将自然看作“理念的最浅近的客观存在”。③ 在《美学》中，黑格尔认为：“……我们可以肯定地说，艺术美高于自然。因为艺术美是由心灵产生和再生的美，心灵和它的产品比自然和它的现象高多少，艺术美也就

① 〔德〕康德：《判断力批判》，邓晓芒译，北京，人民出版社，2002，第150页。

② 〔英〕鲍桑葵：《美学史》，张今译，北京，商务印书馆，1986，第369页。

③ 〔德〕黑格尔：《美学》（第一卷），朱光潜译，北京，商务印书馆，1979，第149页。

比自然美高多少。”① 而且，黑格尔认为艺术美高于自然美不只是量的差别，而是质的差别。因为，“只有心灵才是真实的，只有心灵才涵盖一切，所以一切美只有在涉及这较高境界而且由这较高境界产生出来时，才真正是美的。就这个意义来说，自然美只是属于心灵的那种美的反映，它所反映的只是一种不完全不完善的形态，而按照它的实体，这种形态原以包含在心灵里”②。黑格尔在行文中，干脆用“理想”来指代“艺术美”；他在给《美学》命名的时候，几乎采取了与谢林同样的手段，将其直接称为“艺术哲学”。黑格尔自然观的缺陷在于在论述中时常将人类与自然相对立，将自然最大程度对象化于人类之外，只在某些时候注意到了自然界与人类心境存在相似的情形，却没能给出确定的理由。自然对象化于人类，人类就有理由居高临下地对待自然、攫取自然，今日面临的“涸泽而渔”式的环境问题即来自于此。近现代人类历史实际上是人类向自然索取甚至征服自然的历史，理论根由其实就在黑格尔哲学这里。

德国古典文学大师歌德对自然与艺术的关系也予以认真思考过。相比黑格尔从哲学进路探讨自然美与艺术美，歌德是从创作主体的角度出发来理解自然的。他说：“艺术家对于自然有着双重关系：他既是自然的主宰，又是自然的奴隶。他是自然的奴隶，因为他必须用人世间的材料来进行工作，才能使人理解；同时他又是自然的主宰，因为他使这种人世间的材料服从他的较高的意旨，并且为这较高的意旨服务。”③ 在歌德眼中，自然包括社会生活与大自然界，他们既客观存在，又具有规律性的作用。相比同时代的文学家席勒，歌德更具有诗人气质，他认为文学创作的素材和灵感来源于这种自然，而理念只会束缚文学创作。

德国古典哲学奠定了人与自然关系的基本论调，近现代西方美学家们的探讨也大体在此框架内部。随着生态思想的出现，人类开始逐渐向往“诗意

① 〔德〕黑格尔：《美学》（第一卷），朱光潜译，北京，商务印书馆，1979，第4页。

② 〔德〕黑格尔：《美学》（第一卷），朱光潜译，北京，商务印书馆，1979，第5页。

③ 〔德〕歌德：《歌德谈话录》，爱克曼辑录，朱光潜译，北京，人民文学出版社，1978，第137页。

的栖居”（海德格尔语）。

20世纪初的英国美学家李斯托威尔尽管认为艺术是美的家园，但还是肯定了自然美在动态方面胜于大多数的艺术形态（除了戏剧和舞蹈）。他还认为：“……某种自然现象那种庞大的体积，一下子使它们接近了崇高的范畴。世界上没有一座宫殿或教堂，哪怕是圣彼得大教堂，能够与大海、沙漠、广阔的长空、一个单独的山峰或整个的山脉，在空间的展延上，争长比胜。”①李斯托威尔强调自然美的呈现形式，这是一个进步，但他在逻辑上犯了错误。崇高当然是最早的美学范畴之一。古罗马时期的朗吉弩斯树立崇高的美学范畴时主要援引的是文学语句，譬如《旧约·创世纪》和荷马史诗中的文字。而创作这些文学语句正是由于先民面对变幻多端的自然有一种不可抗拒的宿命感，古希腊悲剧便肇始于此。所以，用源于敬畏自然形成的崇高范畴去衡量人类艺术与自然的本质差别，岂不是自相矛盾？

自然在中国传统文化中获得了更多的尊重，中国古代先哲并没有直接探讨自然美，他们更关注的是自然本身。中国文化的自然本体观主要得自道家。《道德经》中说：“人法地，地法天，天法道，道法自然。”（《老子·第二十五章》）老子把自然置于首位，这个自然主要是指自由。庄子认为：“天地有大美而不言，四时有明法而不议，万物有成理而不说。”（《庄子·知北游》）；“判天地之美，析万物之理，察古今之全，寡能备于天地之美，称神明之容。”（《庄子·天下》）有学者认为：“道家文化自然范畴所要讨论的实际上是作为人的本质的自由问题。”② 学界大多数学者都接受道家所讲“自然”乃“自己如此”之意，就是自由之意，即“莫知其然而然的不加入人为任其自为的状态”。③

儒家自孔子始，偏于探讨自然与道德的关系。《论语·雍也》说：“智者乐水，仁者乐山；智者动，仁者静；智者乐，仁者寿。”“仁”“智”皆为道

① 〔英〕李斯托威尔：《近代美学史评述》，蒋孔阳译，上海，上海译文出版社，1980，第185页。

② 赵志军：《作为古代审美范畴的自然》，北京，中国社会科学出版社，2006，第28页。

③ 陈鼓应：《老子注译及评价》，北京，中华书局，1999，第131页。

德观念，人的品质、精神以自然现象为象征，反映出孔子将美与善相联系的看法。这一观点成为中国古代自然观的代表，搭建了中国文化中人与自然关系的框架。汉代董仲舒的《山水赋》、西汉刘向的《说苑·杂言》、隋代薛道衡的《祭江文》、初唐王勃的《山家兴序》、刘宋宗炳的《画山水序》都在这一框架中不断阐释，强调人要学会欣赏自然美，对孔子“智者乐水，仁者乐山”的思想做了进一步发挥。

儒道两家自然观都含有人与自然和谐共处、“天人合一”的观念，这对中国的文学艺术有极大影响。《文心雕龙·物色》中说：“山林皋壤，实文思之奥府。”强调自然对文艺创作的启示。

“把自然作为独立的欣赏对象和艺术的表现对象，是从魏晋南北朝时期开始的。”① 自然赋予魏晋艺术家以极大灵感：群贤毕至、列坐咏诗、作歌相和、一觞一咏，正是魏晋名士风雅盛会之景。天地日月、山川神灵，莫不给予酒兴诗兴正浓的诗人、画家、书法家们以素材与想象，王羲之即兴而作《兰亭集序》：“仰观宇宙之大，俯察品类之盛，所以游木骋怀，足以极视听之娱，信可乐也。”书文俱妙，堪称空前绝后。魏晋艺术寄情山水的思路，大大开拓了中国艺术的新天地。

学者一般把中国自然美的发展史归纳为致用、比德和畅神三个阶段。原始人类以羊丰硕为美，处于实用的致用阶段；孔子用道德探讨美，处于比德阶段。畅神的艺术实践始于魏晋，理论则晚出于南朝的宗炳，他的《画山水序》是中国最早的山水画论之一，也是古典自然美的重要记录，文中说：“夫圣人以神法道，而贤者通；山水以形媚道，而仁者乐。”② 他把儒家和道家对自然的观点融会贯通，“将画家的思想境界提到了哲学的高度”③。同时，中国禅宗文化正是佛教从儒道文化汲取自然观后，才渐渐趋于中国化的。道家修治身心的部分与佛教摒弃情欲的出世倾向颇有契合。

---

① 李泽厚、刘纲纪主编：《中国美学史》（第一卷），北京，中国社会科学出版社，1984，第144页。

② 于民主编：《中国美学史资料选编》，上海，复旦大学出版社，2008，第144页。

③ 于民主编：《中国美学史资料选编》，上海，复旦大学出版社，2008，第144页。

中国文艺思想史上，刘勰的《文心雕龙·原道》、李贽的“童心说”、董其昌的“画当以天地造化为师”、袁宏道的“性灵说”等皆在儒道自然框架中建筑。

在20世纪的中国，美学扮演了人文领域急先锋的角色，先后出现三次大的美学浪潮。其中，对自然美的讨论是重要内容。19世纪50至60年代的“美学大讨论”，朱光潜、李泽厚、蔡仪等主要参与者都围绕自然美进行争论，提出了不同的观点。自然美一下子飞跃至中国美学的中心。这些学者的观点似乎并不能引起当代学者的兴趣，可确定的是他们采取的均是本质论的学术进路，即探讨美是主观抑或客观的美学本质问题。19世纪80年代的“美学热”，继承了19世纪50至60年代“美学大讨论”的议题，对马克思《1844年经济学哲学手稿》中的美学思想进行研究，再次讨论“自然美存在于哪里”的问题。这两次讨论的共同之处在于都是将自然美作为美学的子领域，作为艺术领域的延伸，自然美没有摆脱长久以来处于美学学科边缘的尴尬地位。参与讨论者也没有注意到西方现代美学从环境、景观和生态角度对自然美所做的新的阐释，这是颇为遗憾的。

从中西方美学历史回顾中，我们可以发现，但凡想要建构某种美学体系的美学家，必定要谈到自然美；但凡对自然美不能自圆其说的美学家，往往不能完整地建构体系。

2.2 环境美学、景观美学、生态美学与自然美

自然美在现代美学中获得了生机，这主要有赖于环境美学（Environmental Aesthetics）、景观美学（Aesthetics of Landscape）和生态美学（Ecological Aesthetics）等领域的崛起。自然、环境、景观和生态是现代美学中结合相当紧密的高频词。然而，由于自然字面所保有的现代意义不足，人们在确立美学形态时，又不满足于自然美的传统说法，从不同的着眼点和价值域提出了环境美学、景观美学和生态美学的新观念。分辨这几个术语，对于认识现代

意义的自然美，具有至关重要的意义。

“景观”（Landscape）一词最初只是指人文地理学意义上的自然风景，它同自然的最大区别是景观作为外在于人类的一种观赏对象。景观可以包括自然景观，也可以包括人文景观。都市生活中显然后者占了更大比重。使用这一词汇的好处是“它包含了主体的感受‘观’在内，而任何一种恰当的美学研究对象都是与主体的感受密切相关的，甚至可以说都是在主体的审美经验中形成的”①。景观美学与环境美学皆出自现代，都把传统哲学思考的美是否出自人工等问题置于一旁。景观包含艺术品、人工制物和自然部分，也可以只包含其中的一种，比如荒野景观只有自然属性。致用、比德和畅神的多种美学功能可能同时存在、交互作用于景观美学中。使用这一词的问题在于如果过于强调主体性，那么有人以平常事物，譬如树上悬挂的白炽灯一类事物来反诘景观具有的审美性质，这就不容易回答了 。

再来看“环境”（Environment）一词。环境更注重人所处的中心位置，自然万物和人工景物都环绕在人类周围，成为人类生活的背景。Environment本身包含有外界之意，也即人之外界。这一词汇隐含的还是人类中心主义的世界观。与景观美学一样，环境美学既研究自然世界的美，也研究人类生活群落、社区中的美。问题是环境审美对象太广，从“自然美学，景观美学，城市景观美学和城市设计，也许还包括建筑美学，甚至艺术美学本身”②。过于宽泛的对象领域使得环境美学在面对诸如人工与非人工的审美对象上一样会显得捉襟见肘。

从使用概率来说，“生态的”（Ecolo）这一词根获得了学界较多的认可，生态批评、生态差别、生态均衡、生态伦理、生态密度、生态危机……此类衍生词数不胜数；在英语学术读物中，只要检索首字母为“Ecolo”的文献，就会搜出数量远远超过常人想象的论文、专著和各类研究。相比之下，生态

① 彭锋：《译者前言》，载〔美〕史蒂文·布拉萨：《景观美学》，彭锋译，北京，北京大学出版社，2008，第2页。

② 〔加〕卡尔松：《环境美学——自然、艺术与建筑的鉴赏》，杨平译，成都，四川人民出版社，2006，第9页。

是一个系统观念的词汇，既包括相应物种的生理机能、结构和分类的研究，又指这个物种类别的属性以及在所生活区域与其他物种的生物关系。因而，“生态思想的核心是生态系统观、整体观和联系观，生态思想以生态系统的平衡、稳定和整体利益为出发点和终极标准，而不是以人类或任何一个物种、任何一个局部的利益为价值判断的最高标准”①。生态文学是众多描写自然的文学作品中富于生态思想的集合，生态思想是人类所有关于自然思想中富于系统平衡、批判力度和实践价值的价值观念。所以，生态思想捐弃了传统认识论中的二元对立思维，避免了黑格尔哲学中自然过分对象化于人类的处境，将人类拉下高于自然万物的神坛，强调人类只是众多物种之一，人类要勇于担负起维护母系统整体平衡稳定的义务。而且，现代生态思想的出现与非中心化或解中心化的后现代题旨遥相呼应，也更符合当前的思想潮流。生态思想在社会科学领域集中反映在生态伦理和生态美学上。20 世纪 80 年代以后，生态美学在这种后现代思想背景下应运而生，致力于探索人类与自然的审美关系，呼唤绿色人生以改变人类危机重重的生存状态。

综上可见，景观美学采取的还是传统美学中将自然对象化于人类以外的思路，景观还是为人或围绕人呈现的。环境美学的提法有所改观，但还难脱人类中心主义的樊笼。在现实生活中，现代社区往往标榜宜居、环境等口号，实际不过是为隐藏在背后的经济利益披上了一层遮羞布，自然仍尘封于都市人的内心深处。“城市是一个几百万人孤独生活的地方。”梭罗曾做如是说。这是他不愿意被水泥和钢筋组成的小格子禁锢而选择独居湖畔的原因。正像关在笼子里的豹已经不是美学意义的豹。奥地利诗人里尔克用动情的笔触写道：

它的目光被那走不完的铁栏
缠得这般疲倦，什么也不能收留。
它好像只有千条的铁栏杆，

① 王诺：《欧美生态文学》，北京，北京大学出版社，2003，第 4 页。

千条的铁栏后便没有宇宙。①

一只咆哮山林的兽中之王只能在冰冷的铁栏后面"疲倦"直至僵死，自然赋予的动感之美早已荡然无踪。从审美文化角度看，动物园和博物馆一样，都是一种现代城市景观。不应忘记，在殖民时期，来自世界各个角落的奇珍异宝或珍禽异兽，甚至所谓"野蛮人"等异域奇观被作为一种展品展出，以满足西方对外部世界的想象。从外观上，动物园和博物馆正是现代都市建筑群落构建的一种文化装置，使自然生物和其他千奇百怪的事物以陈列品的方式展览于城市深处，从而使这种对象化的所在区别于平庸的日常生活。凭借这种手段，现代人将日常生活与自然加以区分，使得自我相对于自然对象化。人们将动植物种和奇珍异宝以边框的方式（笼子、画框、底座、博古架）加以规约，其距离恰在近观与混同之间。如果说铁栏杆是这幅画的画框，笼中豹不正像是一幅油画中的景致吗？

景观美学借用了自然物的自然属性，并将自然再次束缚在人类中心主义的审视下，这一潜在危险不容低估。对城市景观的美学欣赏与对日月星辰、山川河流的欣赏是根本不同的。印度当代作家阿伦德哈蒂·罗易（Arundhati Roy）说过："我认为你在什么样的地方长大，那地方就会烙进你心里。我认为城市中长大的人就不一样。你可以喜爱楼房，但那和你对一棵树、一条河和土地颜色的喜爱是不一样的，那是不同的爱。"② 对土地的眷恋已经不是土地是否作为人类生存的环境问题，而是土地与人类之间具有血脉相通、骨肉相连的精神意义。

在全球能源危机、环境危机日益紧迫的时代，我们更提倡从生态视角和进路去把握自然。生态美学可以作为自然美存在的现代前提，而自然美则集合了美学史的智慧对生态美学予以支持。

---

① 〔奥〕里尔克：《豹——在巴黎动物园》，冯至译，载袁可嘉等主编：《外国现代派作品选》（第一卷，上册），上海，上海文艺出版社，1980，第40页。

② http：//website. lineone. net/～jon. simmons/roy/，笔者译。

2.3 如何欣赏自然美

当我们在清晨的丛林中漫步，明媚的阳光透过枝条的罅隙洒在温暖的草茵上，鸟儿鸣叫的啾啾声回荡在林间。我们全身心地沉醉于大自然，可以说，这种沉醉便是对自然的审美。或者，自然让我们不知不觉地醉心其中，我们感到身心愉悦。但这时，我们不能说出身心愉悦究竟来自清新的空气、翠绿的青山，还是天籁的婉转。颜色、声音、温度的新鲜感受共同作用于人体感官，形成了整体的审美感受。因而，自然审美不是作用于人类具体的某个感官，而是调动全部感官参与审美活动。加上自然总是变幻莫测的，轻拂的微风、飞洒的柳絮、腾空的苍鹰、潺潺的溪流、时间飞逝、季节更换……自然总在持续不断的时间与空间的变化过程中。我们几乎不可能像对待绘画、雕塑、建筑那样将时间固化后加以凝视，这便是自然的动态美。

此外，自然还具有形式美，在形态、颜色、声音和嗅觉等方面均具有审美价值。以嗅觉为例，李斯托威尔曾感慨说："艺术还显然不能诉之于嗅觉。"[①] 如果说艺术鲜有途径付诸嗅觉的话，那么自然可以极大地满足人们嗅觉美的需求。山林之中，山花芬芳、山草清馨能令人提神醒脑、身心愉悦，从饱受有害气体污染的城市窘境中释放出来。据说，日本有人专门搜集、制作野外花朵的气味；当代德国作家聚斯金德的小说《香水》将对气味的敏感夸大到宗教艺术层面。实际上，任何香水或气味的制作，仍然有赖于对自然材料（花枝、花叶）的提炼与合成，还是没有超出自然的范畴。如果这种人工制品赋予人以嗅觉快感，其实还是自然以另一种方式向人们显示自己的存在。

古人云："东岳如立、北岳如卧、中岳如坐、西岳如黛、南岳如飞。"用立、卧、坐、飞等日常经验概括五岳雄伟、壮阔、秀丽、险峻的特点，这符

---

① 〔英〕李斯托威尔：《近代美学史评述》，蒋孔阳译，上海，上海译文出版社，1980，第186页。

合国人的习惯，却不是西方近现代美学意义的审美。

从词源上来说，“审美”或者“审”“美”，就意味着审视者与审视对象的二元分离。不管这美是来自大自然还是艺术品。西方美学史上诸流派屡屡在自然美上遇到难题，就是因为艺术品归根结底是人的创造，是外在于人而存在的；而面对自然，西方美学家在不同历史时期有不同的观点。从古典时期直到德国古典哲学，自然往往被看作外在于人并且是人将要征服的对象。譬如一些描写自然景致的文学作品，如史诗《奥德赛》中描写大海，自然是引起人类敬畏、随时可能给人灭顶之灾的崇敬对象，因而作家总是保持一种外部视点来加以描绘。这种自然美学观的代表是康德。康德将审美视为一种无功利的静观，从而奠定了分离式（detachment）审美方式的哲学基础。

在20世纪，现代美学家如卡尔松（kaersong）、布拉萨（Bourassa）和柏林特（Berleant）等人不同意康德对自然美的态度，而主张介入式（engagement）的审美。简单地说，分离式审美主张要求欣赏者像欣赏艺术品那样欣赏自然，欣赏者应从对象中抽离出来，与艺术情境保持一段距离，以道德的、理性的认识去评判其美；介入式审美则主张欣赏者介入对象内部，进入环境或艺术情境，通过心理移情去体味对象的美。

对于传统美学思考的审美情境，诸如在音乐厅里聆听贝多芬的音乐，听众采取分离的方式足以进行审美，因为他不必具备任何音乐史常识，也能享受音乐给予的快感。越到现代艺术发展时期，丰富多变的现代艺术形式越要求人们具备一定甚至相当水准的艺术常识才能开始真正的审美，否则会迷失在乔伊斯的《尤利西斯》、毕加索的《格尔尼卡》和杜尚的《泉》组成的现代艺术丛林中。

如果说现代艺术要求艺术史知识的介入，那么，自然审美则要求对环境和自然采取心理的介入。布拉萨在《景观美学》中分析了外在者（Outsider）和内在者（Insider）的视点问题；外在者即过客（旅游者）；内在者即居民。“内在者会依据对日常生活的实际意义来看事物，而外在者在很大程度上不会关注或不会意识到那个象征的层次。”① 他认为一个人想要彻底地领略景观的日常经验，就必须积极地沉浸于内在者的视点当中。② 这对概念的提出就与介入式和分离式一组概念相匹配，即形成外在者—分离式、内在者—介入式两种模式。在此基础上，卡尔松等美学家进而提出了自然全美的“肯定美学”（Positive Aesthetics）派命题，认为：“所有原始自然本质上在审美上是有价值的。自然界恰当的或正确的审美鉴赏基本上是肯定的，同时否定的审美判断很少或没有位置。”③ 国内有学者接受这种观点说：“美学如果要在自然领域中有所作为，似乎必须首先接受这种‘全美’的观念，然后再设法给这种观念找到合理的哲学解释。”④

从生态思维角度看，自然是物质存在，首先是各种物种互生互存的物质系统存在。生态学将人类视作整个生物圈中的一个物种，并按照自然自身规律去理解这个系统。人可以外在于景观，但不可能外在于环境，更不可能外在于生物圈。因而，对自然美采取内在者的审美视角在理论上是可行的。

让我们再与中国传统自然观相链接。宏观来看，儒家的自然意识偏重于让自然走向人类，让山川草木亲近人的主观感情，也就是用自然事物来寄托某种政治或道德的寓意。古人杜甫诗云：“国破山河在，城春草木深。感时花溅泪，恨别鸟惊心。”（《春望》）；今人宗白华说：“人类所接触的山水环境本是人类加工的结果，是‘人化的自然’。喜爱山水就是喜爱人类自己的成就。”⑤ 相比之下，道家尤其是庄子的自然意识不讲究主体赋予自然对象何种意识或价值，而要发乎天性、自然而然。《庄子·齐物论》中说：“昔者庄周梦为蝴蝶，栩栩然蝴蝶也，自喻适志与，不知周也。俄然觉，则蘧蘧然周

---

① 〔美〕史蒂文·布拉萨：《景观美学》，彭锋译，北京，北京大学出版社，2008，第40页。

② 〔美〕史蒂文·布拉萨：《景观美学》，彭锋译，北京，北京大学出版社，2008，第40页。

③ 〔加〕卡尔松：《环境美学——自然、艺术与建筑的鉴赏》，杨平译，成都，四川人民出版社，2006，第109页。

④ 彭锋：《完美的自然：当代环境美学的哲学基础》，北京，北京大学出版社，2005，第112页。

⑤ 宗白华：《关于山水诗画的点滴感想》，引自宗白华：《艺境》，北京，北京大学出版社，1986，第284页。

也。不知周之梦与蝴蝶与？蝴蝶之梦为周与？周与蝴蝶，则必有分矣。此之谓物化。”庄子梦中，浑然忘我，不知蝴蝶进入我的梦，还是我进入蝴蝶的梦，达到物我两忘的美感境界。因而，道家自然观更强调由人类走向自然。虽然中国文化传统主流是“天人合一”，但儒道两家观念中人与自然合一的轨迹却是不同的。使自然走向人类，还是以人类主体价值为美学价值的参照，自然生态自身的价值体系则难以保持，很容易走向外在者—分离式的模式；而从人类走向自然的进路，则符合后现代生态思维，人类与其他自然万物一样处于同等生存、同等选择的物种地位，因而能采取内部视角重新审视我们所生活的这个世界。

“人化的自然”能够体现人与自然的和谐，有的“人化的自然”景观当然具备审美价值，譬如金黄的稻田、奔跑的牧马、宁静的海港等。然而，把“人化的自然”约等同于人类的成就，不符合现代思路。人类对自然所做的一切，利用与改造，或侵蚀与损毁，本身就是一柄双刃剑。我们做不到严格划分界限，但不加反思地持以一种乐观态度则肯定是不合理的。再以中国园林艺术为例。中国园林往往被视作“人化的自然”之典范。唐宋时期生活在北方的文人雅士乐于选用南方自然物装饰私家府邸，比如今天仍然被玩家视为奇珍的太湖石在那个时代就很受青睐。唐宋文人不再像魏晋名士们以山野聚会为美为乐，而“在城市的私家园林里发现了一个比乡间或郊区别墅更为舒适的新天地”①。这方面的一个主要代表是白居易。“在白居易的诗歌里，园林不仅反映了园林主人的社会地位和政治地位，也是国家治乱的象征。”②同时，园林也是政治身份、社会地位和审美情趣的象征。居于园林之中的好处在于既能在城市生活内部独辟出一方净土以备仕途进退，又能保持名人雅客高雅清洁的道德名誉。

日本的自然观则有不同。王晓平先生指出，日本的自然观偏向于人类贴

---

① 〔美〕杨晓山：《私人领域的变形：唐宋诗歌中的园林与玩好》，文韬译，南京，江苏人民出版社，2009，第3页。

② 〔美〕杨晓山：《私人领域的变形：唐宋诗歌中的园林与玩好》，文韬译，南京，江苏人民出版社，2009，第17页。

近山川草木的变迁。[①] 可以理解为日本的自然观更接近道家的自然观。我们大家都知道，日本的生态保护所取得的成绩是有目共睹的。欣赏一下日本"俳圣"松尾芭蕉的名句《古池》吧——"闲寂古池旁，青蛙跳进水中央，扑通一声响。"是否应该反思，在浩如烟海的中国古诗中，为何缺乏如此闲情雅致的诗句？

2.4 自然的审美实践

1. 文学中的自然美

生态意识是世界文学天然的思想渊源，生态思想建立在人与自然的关系史上，文学史正是这种关系史的生动反映。西方神话具有丰富的生态思想，既有原始先民生活经验的累积，又有他们对自然与世界的整体认识。古希腊神话中，女神珀耳塞福涅吃了冥王哈里斯的石榴，每年只能返回人间6个月时间与母亲农神德墨忒尔相聚，从而有了一年四季。这是希腊先民对季节变化的原初想象。其他诸如风雨雷电皆为神意神力，与中国神话庶几相近 。

东西方文学对人与自然规律的关系也都有过细致思考。赫西俄德在《劳动与时令》中说："留心事物的限度/万事因时而举/才会恰到好处。"[②] 孟子也以相同的口吻告诫君王："不违农时，谷不可胜食也。数罟不入洿池，鱼鳖不可胜食也。斧斤以时入山林，材木不可胜用也。谷与鱼鳖不可胜食，材木不可胜用，是使民养生丧死无憾也。养生丧死无憾，王道之始也。五亩之宅，树之以桑，五十者可以衣帛矣。鸡豚狗彘之畜，无失其时，七十者可以食肉矣；百亩之田，勿夺其时，数口之家可以无饥矣……"（《孟子·寡人之于国也》）孟子主要从"王道"的角度，劝诫君王应实行仁政、获取民心。

---

① 中西进、王晓平：《智水仁山——中日诗歌自然意象对谈录》，北京，中华书局，1995，第18页。

② 苗立田主编：《古希腊哲学》，北京，中国人民大学出版社，1990，第4页。

仁政的手段就是按照自然规律进行耕种养殖。唐代柳宗元的散文《种树郭橐驼传》以寓言的方式来阐明这个道理："能顺木之天，以致其性焉尔。凡植木之性，其本欲舒，其培欲平，其土欲故，其筑欲密。"相比之下，柳宗元是沿着老庄一脉，在乱世之中（安史之乱）追求无为而治、顺乎天道的政治理想。

近现代以来，西方文学中的浪漫主义文学、自然文学和生态文学更为重视自然的美学意义。尤其19世纪的浪漫主义诗人将大量自然景物引入诗歌主题。"的确，自然这块天地，不得不等到19世纪的浪漫主义运动，方才得到了充分而又细致的发掘。"① 英国浪漫主义诗歌"真正的前驱"（王佐良语）苏格兰诗人罗伯特·彭斯就是一位热爱自然、歌颂自然的诗人。彭斯本色是农民，描绘农村习俗和田园生活是行家里手。他以田园为家，以高原为傲，他的诗歌呈现了质朴、生动的荒野气息。试看他的短诗名作《我的心儿在高原》：

我的心儿在高原，这儿没有我的心，
我的心儿在高原，追赶的鹿群，
追赶着野鹿，跟踪着小鹿，
我的心儿在高原，别处没有我的心！

再会吧，高原！再会吧，北方！
你是品德的国家、壮士的故乡，
不管我在哪儿游荡、到哪儿流浪，
高原的群山我永不相忘！

再会吧，皑皑的高山，

① 〔英〕李斯托威尔：《近代美学史评述》，蒋孔阳译，上海，上海译文出版社，1980，第186页。

再会吧，绿色的山谷同河滩，
再会吧，高耸的大树，无尽的林涛，
再会吧，汹涌的急流，雷鸣的浪潮！

我的心儿在高原，这儿没有我的心，
我的心儿在高原，追赶的鹿群，
追赶着野鹿，跟踪着小鹿，
我的心儿在高原，别处没有我的心！①

（王佐良译）

彭斯之后的威廉·华兹华斯对大自然有非常朴素、细致的观察，能运用比彭斯更为理性的语言来写诗，试看他的《写于早春》：

我横卧在树林中，
听着融谐的千万声音，
闲适的情绪，愉快的思想，
却带来了忧心忡忡。

大自然把她的美好事物
通过我联系人的灵魂，
而我痛心万分，想起了
人怎样对待着人。

那边绿树中的樱草花丛，
有长春花在把花圈编制，
我深信每朵花无论大小，

① 〔英〕彭斯：《爱情与自由》，王佐良译，北京，人民文学出版社，1987，第40—41页。

都能享受它呼吸的空气。

四周的鸟儿跳了又耍，
我不知道它们想些什么，
但它们每个细微的动作，
似乎都激起心头的欢乐。

萌芽的嫩枝张臂如扇，
捕捉那阵阵的清风，
使我没法不深切地感到，
它们也自有欢欣。

如果上天叫我这样相信，
如果这是大自然的用心，
难道我没有理由悲叹
人怎样对待着人？①

（王佐良译）

作为浪漫主义者，华兹华斯反对启蒙运动以来西方文化过于强调“理性”的作用，诗中用大自然的美好事物反驳法国革命中出现的暴力，感慨只有在林中才能听见“融谐的千万声音”。

自然文学（Natural Writing）是20世纪美国文学的一个重要文学流派，其先驱是19世纪的爱默生和梭罗。选择“自然文学”的译法，而不是“自然书写”，强调如《沙乡年鉴》这样的作品更具有启迪性质的文学，突出其审美意义，而不只是一份环保工作记录。

拉尔夫·瓦尔多·爱默生（Ralph Waldo Emerson）是自然文学的先驱，

① 王佐良：《英国诗史》，南京，译林出版社，1997，第235—236页。

他曾以极其动人的笔触写道："若是一个人希望独处，那就让他去看天上的星。……如果这些星星每一千年才出现一次，人们将会怎样崇敬信仰它们，并且会怎样为后代保存这一上帝显灵的记忆啊！但是，这些美的使者每个晚上都会出现，用它们那带有告诫意味的微笑照耀整个大地。"① 爱默生对自然的歌颂是以开拓美洲新大陆为历史背景的，因而"爱默生眼中的自然屈从于人类之需要，是服务于人类的。……人与自然的关系实际上是一种主仆关系"②。

另一位美国作家亨利·大卫·梭罗（Henry David Thoreau）在爱默生驻足的地方继续思考并付诸实践。梭罗名声很大，他考察印第安人生活已经不限于人类学意义。他在瓦尔登湖畔亲手搭建小木屋，并独自在那里生活了近两年的时间。他尽量减少日常所需，尽可能自给自足。他能一整天一动不动地在湖边观察牛蛙，也乐于在清风徐来的清晨体验散步带来的身心美妙。他有极为坚忍的意志，并以"简朴"（Simplify）作为座右铭。他的代表作《瓦尔登湖》正是来自对大自然的体验。如果说爱默生心中的自然就像邈远的星光令人可望而不可即，梭罗的自然则能给人带来激情和动力。"梭罗崇尚的自然，却是一种近乎野性的自然，一种令人身心放松、与任何道德行为的说教毫无关系的自然。在自然中，他寻求的是一种孩童般、牧歌式的愉悦，一种无拘无束的自由，一种有利于身心健康的灵丹妙药，一种外在简朴、内心富有的生活方式。"③ 抛去政治和宗教的因素不说，梭罗所代表的人类共有的自然经验不由得让我们想起亲手缝制树皮鞋的老托尔斯泰和摇起纺车织布的老甘地。

梭罗之后，奥尔多·利奥波德（Aldo Leopold）擎起了自然主义文学的大旗。他做过林业官员，与他的前辈不同，利奥波德的专业背景和官员身份，使他有办法找到资金去做条分缕析的保护工作，譬如在美国中部和北部从事

---

① Ralph Waldo Emerson, *The Complete Works of R. W. Emerson*. Vol. I. New York. Wm. H. Wise, 1929. p. 1.

② 程虹：《寻归荒野》，北京，生活·读书·新知三联书店，2001，第93页。

③ 程虹：《寻归荒野》，北京，生活·读书·新知三联书店，2001，第108页。

野生动物的管理考察；他的勤劳肯干又继承了前辈们的实践精神，在1935年他在被戏称“沙乡”之处亲手耕种树木，以恢复被污染的土地生态。利奥波德的代表作为《沙乡年鉴》（*A Sand County Almanac*），这本书出版于1949年，后来在19世纪60至70年代兴起的环保运动中被奉为“圣经”。利奥波德将人与土地的关系上升到人类的道德层面，形成了崭新的“土地伦理”：“任何有利于保护生物社区的完整、稳定和美丽的行为都是对的，反之则是错的。”[①] 作者用生动的笔触描绘了土地作为一个复杂的生态系统如何进行能量的供给和转换；而人类则错误地认为自己是土地的主人，肆意从土地中索取并体力破坏土地，破坏了整个生态系统。非常重要的是，在这部作品中，作者发掘了荒野的美学意义。利奥波德超越梭罗之处在于，他能从一个训练有素的科学家的角度，真正公正无私地去面对自然，按照自然自身的角度进行思考——“像山一样思考”，这使得他的立场从人类转向自然自身。利奥波德身体力行，他在“沙乡”亲手栽种了好几千棵树，这是他的前辈没有做到的。

美国的自然主义文学经历了从爱默生到梭罗、再到利奥波德的轨迹，经历了从静观自然到亲近自然、再到维护自然的行动和思想轨迹，向人们预示了自然美将在现代美学与生活中扮演越来越重要的角色，并召唤人们以介入的方式参与生态环保行动中。那么，为什么自然主义文学在美国生根发芽，并长成参天大树呢？也许有三方面的原因：第一，最早的欧洲移民来到美洲大陆后，面对的就是浩瀚的“荒野”，所以对荒野有极强的好奇心和探索欲；第二，美国经济崛起正处于机器化大生产时代，美国的现代都市面貌和公路交通使人们有条件更直观地觉察都市与荒野的文化内涵；第三，宽松的文艺环境和更具活力的民主政体，使得美国自然主义文学诸家有精神成长的充分空间，不要忘记自然主义者梭罗同时也是一个不服从政府的公民。

2. 自然美与旅游

凭借文学、绘画等艺术形式来欣赏自然，毕竟还要依赖较高的艺术鉴赏

① 程虹：《寻归荒野》，北京，生活·读书·新知三联书店，2001，第212页。

和想象能力。对于广大民众来说，走出家门，远离喧嚣，到野外去亲近、触摸自然才是直接也便于实践的方式。事实上，利奥波德等人也是要把走进荒原作为一种文化实践的范式。美学的意义正在于审美实践。第二次世界大战以后，世界各国旅游业蓬勃兴起，旅游成为新的经济生长点和文化事业。通过旅游，人们既能领略异乡异国的自然景色、风土人情，也能从繁忙的现代生活中暂时解放出来、获得精神上的喘息。

吸引人们出门甚至出国旅游的旅游资源内容非常广阔，主要包括自然旅游资源与人文旅游资源。自然旅游资源是旅游资源中的主体部分；人文旅游资源往往附着于其中，丰富其内涵，扩大其吸引力。与之相应，呈现出来的自然美也分为两种：一种是经过人类劳动实践改造、加工过的自然美，即名胜古迹、园林庭院等人文景观中的美；另一种是未经人类能动改造的原初自然美，即日月星辰、极地峡谷、原始森林中的美。许多自然景观既有人工属性，又保留了原始面貌。地理学研究证明："我们通常想象为'自然的'特征，经过调查研究之后，发现是由自然和人类共同形成的。"① 譬如自古便是江南胜迹的钱塘潮，"八月十八潮，壮观天下无"（东坡诗：《观浙江涛》）。钱塘潮的形成固然因为特殊的地理位置，也与古人治理钱塘江形成的水下沉沙量有关。现代美学比较关注原初的荒野自然美，现代旅游者们则对两种自然美的形态均有强烈兴趣。

中国是个旅游大国，幅员辽阔加之气候复杂，自然资源无限丰富：浩瀚无垠的林海、草原，风景秀美的湖滨、溪流，壮观奔流的大河、长江，陡峭巍峨的山峦、险峰……俯瞰华夏，全国有欣赏不尽的自然美景，足可令中华儿女引以为傲。即便在一个旅游区内部，由于海拔不同、天气瞬息万变，也时常呈现为不同的景致。比如吉林省东部的长白山天池，位于海拔颇高的山地。随盘山路蜿蜒向上接近天池，可依次欣赏针阔混交林、暗针叶林和岳桦林带，同时气温急剧降低；天池四望，漫山皆是蜷曲于地的地衣苔藓，居高望去，远方高地起伏，竟如彭斯笔下的苏格兰高原。峰顶以风狂、雨暴、水

---

① 〔美〕R. 哈特向：《地理学性质的透视》，黎樵译，北京，商务印书馆，1997，第51页。

多著称。天池极目，忽而云雾蒸腾，目力不及湖面；忽而暴雨瓢泼，冷气萦绕四周；忽而雨收云淡，彩虹横挂天边。天气变化之迅捷令人难以想象，只有身临其境方能得其全妙……

现代经济的飞速发展，现代科技的飞快前进，人类面对世界（包括自然）的方式正发生着根本性的改变。现代旅游业已经远远不是“远上寒山石径斜，白云生处有人家”的时代了。航空业可以将你送到世界任何一个角落，通讯业可以保证你在旅游探险途中随时与外界沟通，户外旅游业可以给你装备最专业的越野设备，旅行社可以提供给你各种详尽的游览资讯……旅游成为现代生活必不可少的一部分。那么，在有史以来最大规模、最多人次的旅游浪潮中，旅游作为自然、艺术和社会生活的综合实践活动，具有极强的审美意义，美学家不正可以大显身手吗？美学家可以先将烦冗的哲学思辨放下来，积极参与到以旅游为现代审美方式的研究中，去引导人们如何学会欣赏大自然中美的事物。

明人张岱在《西湖七月半》中似乎已经提前意识到了这个问题。他写西湖赏月，开篇不写名湖，不写圆月，而以嘲讽笔调描绘了五类西湖游客。这些人名为赏月，实为粗鄙嘈杂之辈，不仅远离审美、“避月如仇”，还破坏了美景。只待这些世俗之人散去，文人雅客才乘船而出。“此时月如镜新磨，山复整妆，湖复颓面。……吾辈纵舟，酣睡于十里荷花之中，香气拍人，清梦甚惬。”① 张岱在文末用舒缓笔调描绘了一幅痴于山水、癖于月下的优美画卷。

大多数人可以接受人与自然相和谐的命题，然而，美学家还应该在可持续发展的经济学思路、污染会反噬人类自身的环境学思路以外，引导人们用身心去体味自然，提出美学家才能提出来的自然美学思路。以未经污染的原始自然去对抗污泥浊水的现代都市，这是生态文学不断强化给我们的主题。在忙碌奔波的都市中，还有多少人有空隙和心情去欣赏美呢？正因为如此，

① 〔明〕张岱：《陶庵梦忆 西湖梦寻》，史念林、刘同军、钟瑞玲注，北京，华夏出版社，1997，第162页。

他们以旅游、探险的方式逃离都市，奔向山川、荒野。然而，现代生活灌输给人们的“人定胜天”“人类征服自然”的思想又使得他们在野外仍然以所谓的文明方式去对待自然。山峰攀登、大江漂流、荒漠横渡等等不是一而再地演绎人类征服力量的无穷吗？这不正是现代美学家所反对的将自然外在于人类的分离式审美视角么？电影《东邪西毒》的主人公欧阳锋说：“每个人都要经过这个阶段，看见一座山，就想知道山的后面是什么。我想告诉他，可能翻过山后面，你会发觉没什么特别。回头看，会觉得这边更好。”是啊，人类为何一再执迷于追逐欲望，而忘记了曾有的山花烂漫、芳草如茵呢？朱光潜先生曾引用阿尔卑斯山谷标语牌上的一句话——“慢慢走，欣赏啊”[①]依然如警世恒言，提醒着人们……

2.5 走向未来的自然美

在新的时代，美学需要寻找前进之路，自然美也不应只限于学者书斋的探讨，而应参与到更为广泛和具有普世意义的过程中来。在全球经济一体化和生态环保主义的喧哗声中，生态视角可以作为理解自然美乃至美学发展的现代进路。

1. 生态视角是自然美的现代前提

自然美存在的前提是自然的存在。尽管人类只是集中居住在地球上小面积土地上，荒野美学却提醒人们，作为时间维度下的空间概念，地球上的荒野正在慢慢消失，仅有的荒野空间被人类现代化进程压缩到了可怜的程度。皮之不存，毛将焉附。生态视角更能帮助人们辩证地看待自然生存的重要性。《庄子·应帝王》中倏忽二帝给中央之帝混沌日凿一窍，七日后混沌则亡，生动说明了人类应尊重自然虚静的本真状态。

① 朱光潜：《无言之美》，北京，北京大学出版社，2005，第1页。

自然起先只是提供给人类以生存的物质手段。在人类早期，自然只是人们生存的物质资料库，人们还来不及细细打量自然具有的审美意义。到了现代，经济和科学的发展使得人们可以从物质匮乏的困境中走出，以艺术的眼光来观察被忽略已久的自然。这时，自然才成为人的观照对象。这也就是为什么在德国古典哲学已降自然美才获得了系统研究，以及为什么自然美要在20世纪的现代美学中以生态美、景观美等方式重装上阵，还可以解释为什么贫困的非洲人民并不因沙漠具有崇高美感而居住在那里，还是愿意选择有水的绿洲。

尽管我们前面对旅游资源做了自然的和人文的区分，但是这只是为了方便讨论，只是权宜之计。地理学从另一方面向人们证明了区分的有限性，甚至不必要性。“地理学的目的如果是探索作为人类之家的地球之最完全描述和了解，我们并没有必要将地球所有要素或因子划分为自然和人文的两大类。”进而，地理学与生物学的交互证明，“人既为自然界整体的一部分，同样亦应受不偏不倚的‘自然法则’的控制。因此社会科学亦可以没有必要允许人类决心或超自然控制等空想”。① 上述言论是对人文地理学的反思，从一个侧面也向人们说明了自然要素与人文要素在历史上的复杂关系。

生态思想的重要来源是东方文化中的有机整体世界观。印度文明堪称森林文明。自古以来，印度北部繁茂的森林为印度人民提供了取之不竭的自然资源，森林像天然空调一样为主要生活在热带地区的印度人提供了精神庇护，古代贤者们就是在遮天蔽日的森林中完成静观式的哲理思考。婆罗门仙人、佛教高僧等印度圣者皆在林中修行、悟道。在印度教的传统习俗中，男性应履行梵行期、家居期、林栖期和遁世期的人生循环。其中，后两个时期都与自然有关，主张成年印度教男性在完成家庭责任之后，应到森林中进行梵行，甚至遁世远游。可见，只有皈依自然，印度人才能获得完整且完美的人生。与中国人一样，印度人很早就认识到了人与自然关系的重要性，他们尤其重视人类与森林的相互协调发展。早在1906年的殖民印度时期，在东北部喜马

① 〔美〕R. 哈特向：《地理学性质的透视》，黎樵译，北京，商务印书馆，1997，第61页。

拉雅山麓都恩山谷就建立了森林研究所。其管辖区内既有三千万年前的化石森林，又有东方最好的植物标本室，收藏有33万种经过鉴定的植物标本。这个实验室除了致力于基本的搜集标本、分类整理等基础科学研究外，还建立了社会森林部和遗传及树木繁衍部等专业部门，研究如何培育高产量的杂交木种以及防治林间病虫害等举措。我们应把印度人对森林的依赖与森林研究所的建设作为生态实践的楷模。事实上，印度的文化艺术，当然还有呈现其中的美学，都是来自这种森林传统。

当然，对于东方传统文化的生态思想也应有辩证态度。中国的“天人合一”、印度的“梵我同一”都是人与自然相协调和统一的学说。侯传文曾引用黑格尔的观点，指出天人合一或梵我同一限制了人的主观能动性的发挥，使人产生对自然本体的依附性，以及对天命的依赖和顺从。① 因此，如何坚持人的主体性，在行动中实现本质的自我，是发挥传统东方文化资源亟须解决的问题。

我们还是应该多从实践层面入手。正如美国的环保主义者在印第安人身上发现了解救当代人的灵丹妙药，我们也不妨看看居于山地的台湾原住民的生活方式。“原住民的狩猎、采集方式非常环保：吃多少猎多少，野菜吃多少采多少，绝不贪心，也不囤积。”② 纯朴的原住民有更健康的心态，他们有理由嘲笑城里人的“饥饿恐惧症”，嘲笑城里人只知道往冰箱里囤积食品，最后却造成极大浪费。如果我们认为原住民建立了朴素、有效的民主机制，那么，与自然和谐相处的处世态度无疑发挥了相当大的作用。

如今，环境主义已经成为全球的潮流。1972年6月16日，联合国人类环境会议全体会议于斯德哥尔摩通过的《联合国人类环境宣言》明确宣布：“按照联合国宪章和国际法原则，各国具有按照其环境政策开发起资源的主权权利，同时亦负有责任，确保在他管辖或控制范围内的活动，不致对其他

① 侯传文：《生态文明视阈中的泰戈尔》，《外国文学评论》，2009年第2期。

② 李宏宇：《陈念萱：先进的民主制度就在原住民的生活里》，《南方周末》，2009年8月26日。

国家的环境或其本国管辖范围以外地区的环境引起损害。”① 宣言的发布以国际法的形式确立了当前人类环境保护所秉承的宗旨与原则。结束于2009年底的哥本哈根联合国界气候变化大会发布的《哥本哈根协议》第一条开宗明义便是：“我们强调，气候变化是我们当今面临的最重大挑战之一。”② 关注全球气候变化、控制气温增高，敦促各国降低碳排放量，进而呼吁人们选择更为节能环保的“低碳”生活。然而，此次会议最终没有形成具有法律效力的一致意见，为这一议题笼上了阴影。我们必须承认，保护我们唯一的家园——地球，任重而道远。

2. 自然美是生态美学的学科根据

生态思想作为一种新的社会潮流带给人们强烈的精神冲击，自然美挟生态思想勃兴之势，在现代美学中扮演了重要角色。然而，生态思想毕竟是以生态科学作为学科生长点，其中规定性的生物学性质还不能有效地转换为美学方式。利奥波德首先是一位科学家，其次才是文学家，再次方是思想家。他不一定有明确的美学思想，他实践性的美学意义取决于后人的阐发。他的思想和影响也主要借力于人文领域的文学创作。因而，利奥波德是生态科学的实践者，是生态美学的引导者，但还不是真正意义上的美学家。前面提到了景观美学和环境美学理论上潜在的缺陷，那么生态美学的缺陷则是美学色彩不浓厚，某些时候容易沦为生态科学的附庸。从学科属性上说，生态美学还是要以自然美作为联系美学学科整体的根据。有识之士曾指出：“生态学的理解方式对于揭示自然物的价值是非常必要的，但它无助于我们理解自然美；自然美只有依据真正的美学方式才能呈现出来。”③ 生态学提出的环保思路，美学应以自己的理论思路和话语方式进行阐释和表达。只有这样，才能发挥美学的人文意义，实现人类的精神救赎，完成人生境界的提升。

---

① http：//www. nbh. gov. cn/ReadNews. Asp？ID = 52&BigClassID = 5.

② http：//news. sohu. com/20091220/n269075425. shtml.

③ 彭锋：《完美的自然：当代环境美学的哲学基础》，北京，北京大学出版社，2005，第4页。

3. 自然美作为当代美学的新起点

面对一个众神狂欢的平面化、无深度、无意义的后现代图景，美学更应该跳出学术自我言说的藩篱，走向自然与生活本身。新的时代迫切呼唤一种新的美学。在当代日新月异的社会生活中，美学家应该思考扮演一个什么样的角色、美学应往何处去？这些问题突出地摆在美学家们面前。以往经验告诉我们，一门学问如果不能阐释人类世界出现的新现象，那么这门学问迟早要成为无根之水、无本之木。譬如面对时而冒出来吸引一下眼球的行为艺术，应该如何看待呢？曾有一位行为艺术家，站在河边向河里小便，同时，口内衔一个细长塑料软管，伸入河中饮水。此艺术名为《循环》。我们固然可以说行为艺术以其激进高蹈姿态令人瞠目有余、咀嚼寻味不足，但是，对于这种新生的探讨人类与自然关系的艺术，美学家该做何想？

其实，无论是历史，还是当下，文艺研究永远落后于艺术实践。有了生态文学，才有生态批评；有了环境艺术，才有环境美学；有了上面的行为艺术，艺术研究者当然也包括美学家就不能不置一词，也该试图建筑相应的美学理论与批评方式。在这个问题上，艺术（包含了生态思维）又一次把研究甩在了身后。

自然美从当初被忽视，到逐渐进入美学研究的中心视野，这是美学内部的改朝换代。顺应生态潮流、树立美学品格，是美学之于当代的根本。倘能如此，自然美也许可以成为当代美学的新起点。

参考文献：

[1]〔德〕康德：《判断力批判》，邓晓芒译，北京，人民出版社，2002。

[2]〔德〕黑格尔：《美学》（第一卷），朱光潜译，北京，商务印书馆，1979。

[3]〔美〕史蒂文·布拉萨：《景观美学》，彭锋译，北京，北京大学出版社，2008。

[4]〔加〕卡尔松：《环境美学——自然、艺术与建筑的鉴赏》，杨平译，成都，四

川人民出版社，2006。

［5］彭锋:《完美的自然：当代环境美学的哲学基础》，北京，北京大学出版社，2005。

［6］王诺:《欧美生态文学》，北京，北京大学出版社，2003。

［7］程虹:《寻归荒野》，北京，生活·读书·新知三联书店，2001。

3 学术个案评点

3.1 如何文明？何以比较？——读史仲文教授《中西文明的历史对话》

对今天的中国人来说，如果百年前新文化运动的探索仍然具有历史价值，仍然值得反思和记忆，那么，从一百多前的被迫开放，到四十年来的主动开放，都深刻揭示出开放的历史大势之不可阻挡。而纪念改革、研究改革的关键不在于是否应该改革，而是改革应以一种什么样的心态进行。近代以来的中国人时时有文化迷惘的苦痛，于是便从历史中寻找答案，以文明的特质为对象不断思索，从中外文化文明的借鉴比较中寻觅答案，从魏源、张之洞的时代，到胡适、鲁迅的时代，再到今日学界的衮衮诸公，莫不在中西文明两相勘审之间观察与思索，沉潜与奋进，并留下了种种斑驳的历史印痕。两种运行机制与文化逻辑，通过历史对话的方式再次认识西方、反思中国，仍然在相当长的时间内成为中国人认识和参与世界的一种基本模式。

一

比较文明性质的研究，是一百多年来中外学术史的重要学术范式之一。

斯宾格勒的文明类型学或文化形态史观开启先河，此后深受其影响的汤因比以《历史研究》对人类未来进行深刻探索，在西方学界一度风靡一时。其时，正值两次世界大战爆发，西方文明矛盾丛生，人类危机感加剧，因科学主义与工具理性而来的强权政治与国际冲突，一再证明了学者书斋里的感时伤世并非空穴来风。此类研究以比较为名，实际上是以西方文明以本位，以西方为基本视角对世界进行观察。比较文明的现代继承者为亨廷顿，其“文明冲突论”以文明比较为表层，内里仍然是对未来世界力量轴心的焦虑，关乎西方文明与伊斯兰文明，以及正在不断扩大影响的儒家文明如何协调重整世界权力的问题。从西方文明本位的文明类型学，到政治文明比较，从总体来说，可称为西方的世界学。

在20世纪中国，五四前后的中西文化论争,集中探讨中西文化比较问题。新文化运动的提倡者批判以儒家为主的旧传统，宣传新文化、新思想；东方文化派、保守主义者则以各自立场强调中国文化本位。其后钱穆、梁漱溟、陈寅恪等人述及中西文化问题，也坚持以中国文化为本位，以“救天下苍生”为己任。这些学术研究出现于国家危难之际，治学动机自然以文化存亡为前提，如钱穆在民族危难之际书写《国史大纲》，其中固然不乏以西视中的内审视野，实为通过学林的登高一呼，为国“招魂”，凝聚人心。

斯宾格勒、汤因比还影响了史学界的雷海宗等人。雷氏充分吸收文化形态史中的文明平等观念，不仅能治西方史，尤能以社会科学的眼光方法治中国古代史，历史系的各类课程均能开设，可见其所运用社科方法之普适得当。相比来说，雷氏的治学路数近于西方学者，即以文明类型作为论说的前提和基础，进行相应的具体问题探讨，路数偏于历史研究。

20世纪末期，中国的文化热、启蒙热浪潮迭起，中西文化问题再度成为人文学术的中心。19世纪80年代初北京大学季羡林、汤一介、乐黛云等来自文史哲领域的许多学者，挟思想解放风气之先，大力提倡比较文学与比较文化，开始从文化角度思考中国文化重整及未来命运，也开启了中国比较文学的第三个重要的学术阶段。这种学术势态的积极影响在于将比较的思维推广贯穿到中国人文学整体之中，成为一种具有普遍意义的思维方式。如非其后风云突变，未尝在中西大局中不能有所推进。

此后，学术层面的比较文化研究可谓多矣，研究者们更多来自文学领域，思路不免有收窄的趋势。至于21世纪之后，从总体上看，比较文化（文明）渐渐变成了比较文学领域的一个子部门，在观察视野方面大幅萎缩；作单一文章有之，具高度视野则太少，真正参与到中国当代思想话语中则乏善可陈，比较文化从学术中心渐渐步入边缘。比较文学中提出比较文化命题，并没有吸引其他学术领域的注意，只余有知识的兴趣，在研究实绩方面远逊于历史、考古和人类学等学科。也时有治外语研究中人鼓噪跨文化对话，看似句句不离世界，实则更为倒退保守，既缺乏整体眼光，也无批评意识。亲则甘做西人理论的搬运工，疏则出于利益而做无谓抵抗；至于一遇挫折便蜕变为民粹主义的拥趸，就更等而下之了。

比较文化（文明）研究的关键在于要有充分的文化自觉，人文社会科学尤其需要关乎人心，关乎现实。如果说五四前贤是在国家荣辱之际开始学术奋起，本着强烈的责任品格和忧患意识为中华民族寻找文明之根，而今日研究中西文化的学者，不过把文化问题视为冷冰冰和毫无感情的研究对象。如果人文学者像自然科学家对细胞、矿产和计算机那样，把人文学的中心——人——置之不顾，而只去追求一种可以量化、便于统计、适合评比的东西，这样的研究没有温度、没有关怀，又谈得上什么价值呢？

同时，需要注意的是当代中国学术中所谓文化研究，与西方实有本质不同。在西方学术系统内部，如伯明翰学派倡导的文化研究，提倡将文学理论、社会学、意识形态和舆情研究熔于一炉，强调从大众文化视角来重视精英文化以外的小传统。可以说，文化乃有明确前提的特殊领域。对于当代中国，文化研究如同研究广场或理论舞台，你方唱罢我登场，似乎在专业学科以外的内容都可到文化这个大超市来加以售卖。文化不是理由，比较也不是目的，而比较文化需要帮助人们理解现实，并进一步思考未来的可能性。正如《黄河边的中国》作者曹锦清所说：“社会科学的最高任务是尽可能深入地理解我们身处其内的社会变化及其发展方向。”① 问世 20 年、如今得以再版的《中西文明的历史对话》，正是试图理解现实和阐发未来的著作。

二

《中西文明的历史对话》是一部从人类文明的对比勘照中总结历史、探索规律的著作。

从章节结构来看，该书包罗万象，同时颇具结构精巧之特色，隐有胸有成竹之气象。第一章绪论部分“寻找起跑线”，是全书的总纲目，指出全书写作的由来乃是此时此刻中国文化中存在的问题，包括文化研究热的原因、社会大文化的品性特征、文化视点和种种的文化误区。文化视点部分独出胸臆，点明文化比较的几个关键点，名为规律论、模式论、共鸣论、阈值论和创造论。这一部分主要表明作者立场，确立了全书展开中西文化文明“对话”的基本原则：重点突出中西比较、异同之间重点论异；重在比较基本层面和主要特色；重在展示而非叙述；古今对比意图古为今用；中西比较，以中国为出发点和归宿点；分为三个历史阶段做比；尤其关注不同发展逻辑形成的文化脉络。“起跑线”其名，更能说明书写过程中作者胸怀强烈的民族崛起与发展意识。

本书第二章采取横向展开的方式，对中西文明的政治、经济、思想、科学、文学、艺术、教育等领域一字排开，全方位对照。全书第三、四、五章分别按照历史纵向顺序，名之为“儒学时代与基督教时代”“近代化比较”“走向 21 世纪”。从时间比例上看，这样的章节分配略有厚今薄古之意，作者其意或许正在于此。

作者非常重视本书的章节布局。第二章以秦始皇与恺撒两位历史人物的成败得失作结，第三章以此为起点展开中西对比。战国文化尚未形成完整感，

① 曹锦清：《黄河边的中国》，上海，上海文艺出版社，2013。

到秦朝大一统，才形成较为整体的中国文化；而西方罗马帝国从元老院到元首制，恺撒可谓权倾一时，也使西方文化发展达到顶峰。作者欲强调其后的中世纪基督教定鼎时代，故而拎出恺撒与秦皇相对论之。所以此一节如蛇之七寸，实为全书关节命脉所在。

作者将此前在个人专著《美学》中的观点详加展开，认为一个历史人物，经历两个巨变时代，既是他的大幸，也是他的不幸。如秦始皇用统一六国的方法治理新的庞大帝国，严刑峻法、刚性维稳，最终使得秦帝国轰然倒塌。此后，汉袭取秦制，秦始皇的办法移形换影取得了另一种生命。中国人对秦始皇统一六国向来褒大于贬；在历史学界，秦火对六国典籍的毁灭历来令各朝史家惋惜不已。不独如此，罗马帝国的恺撒独力打破了元老制，个人成就可谓达到顶点，然而，亦无法改变身后滔滔，终究引来中世纪政治的一度混乱。对于刚从“文革”伤痛中走出的国人来说，天翻地覆、沧海桑田的深刻教训还历历在目，文化比较意有所指自在不言之中。从更长的时段来看待历史及人物，与西方年鉴历史学派的“长时段”理论有遥相呼应之势。

《中西文明的历史对话》多取“现代化”，而非“现代性”，对现代化的理解有着浓厚的20世纪80年代的思想印痕。平心而论，《中西文明的历史对话》并不以学科知识见长，作者的眼光也许未必超越那个时代的文化类型探讨，局部的历史描述或者细节评判，亦有略可商榷之处。从对中西文明探讨历史的认识上，作者识见近于20世纪初公共学术领域中的袁伟时等学者。这本书的价值正在于对历史大势的卓然判断，在大是大非上的坚定和乐观，对于当下中国以文化为中心彰显出的各种问题，都能从人类普遍情感和价值立场上加以评判。书中的总体观点既明晰理性，又雄浑有力。从研究思路上，结合了百年来中国文化本位的文明比较与政治文化类型研究，将研究要点指向对中国未来的展望。反思历史，可以发挥传统人文学术的考据之风，纵使发现不足，尚有学术性的价值；探讨未来，则容易导致“不学术”的批评。对作者而言，能识其大，不必拘泥其小。对百年来文化论争成败得失的广泛吸收，对19世纪80年代解放思想及思想分歧的突出观察，使得其书综合各家学术视野方面具有这一时代著作总体性的风貌。

对中国文化的发展态势，康有为在他所在的时代，要求“速变”；五四时代的思想者们，呼吁“全变”；百年后的自由主义者如史仲文，根据中西历史的实际经验做出判断，坚信“必变”。这是《中西文明的历史对话》洋洋72万言的核心观点。

三

在众多中西文化研究者中，与《中西文明的历史对话》的写法与观点较为接近的是海外史家许倬云。许氏在《中西文明的对照》中探讨中西思想的分野，将西周价值观念崩塌和儒家思想建立作为中国思想的起点，并将西方思想文化的形成归之于基督教的作用。这与史仲文将儒学与基督教并称为两大时代的说法颇为类似。然史氏著作影响不及许氏，盖源于圈子与读者各不相同。许氏负笈美国芝加哥大学，乃东方学重镇，尤其重视社会学方法治史；史氏著作可读性颇强，其人游走于学林边缘、体制内外，故不受所谓学术圈子的重视。

从结构到语言、从立意到意向，《中西文明的历史对话》都可归于思想探索一类，作者史仲文或可称为思想者。所谓思想家，有蔚然成家、盖棺论定之意；思想者则指那些仍在思考、探索、构建的学人。其书所写21世纪大幕不过刚刚拉开，中国未来仍在万众瞩目之中，史氏文章立意高耸，恣意坦荡，也需学术发展及公共历史检验。

19世纪90年代起，中国知识界分歧日久，思想与学术的分野愈发突出。随着计划经济式的加大科研项目投入，项目引领型的学术方式大行其道，人文学术也大肆追求数量化、等级化和以标榜全球化为主的国际视野。思想不仅为学术让路，在学术内部，人文学术不追求基础性研究，放弃现实观察和理论思辨的追求，而去追逐哪些更容易立竿见影和模式操作的政策研究、应用研究。尤其是在全球化问题相关的人文类历史研究者中，更容易受到政策的大方向指引。在项目、职称等功利化的指挥棒下，一再证明了一句话：形势大于人。如果说百年前的中西文化论争的双方，是以民族存亡、文化兴废作为参与讨论的逻辑和情感起点，那么如今的比较文化研究者则仅仅是把跨文化问题当作一种单纯的研究对象，无关乎情感，更乏于价值判断。在研究层面上，跨文化问题被极度狭窄化为人类交往的文化层面；在实践中，则被明确为一种限于学科内部的研究对象。这样，此类研究就不再具有广博之学的可能，而只能沦为特定学科、特定专业的狭隘研究对象。当前此类研究数量越来越多，学术价值乏善可陈，而其境界尤其逼仄，果如是乎？

相比来说，《中西文明的历史对话》中表现出来的是一种整体综合的能力，一种中国人文学应该追求的通人之学。比较文化似有两途可达：一为从局部、细微研究对象走向综合方向，曲径通幽；一为开门见山，从大处着眼，不拘泥于细枝末节。犹如围棋下法，注重实地、处处为战可，大开大阖、追求大势亦可。《中西文明的历史对话》可以视为后者。相比来说，史仲文在《中西文明的历史对话》中表现出来的，对思想、文化、文学、历史、艺术、哲学、美学、政治学、经济学等多学科、多领域的知识运用，便显得难能可贵和愈发珍惜了。全书既有一种纵向的历史深度，又具有触类旁通的横贯之感，比之相近著作，显得疏朗、透彻，有直抵纸背的痛快。

何以如此，首要在于作者的思考契机从现实的观察和问题的把握捕捉中来。有贤者云，中国的社会科学没有社会，此言至矣！百年前的国人则需要睁眼看世界，今日的国人则需要睁眼看现实。今日中国，不是运用哪种理论的问题，而是要不要面对事实的问题。倘若答案为否，就如许多所谓学术，沉溺于玩弄理论术语、词语概念的高级游戏；所谓学者，仿佛这些游戏的魔术师，仅仅炫人耳目而已。西哲云，理论是灰色的，而生命之树常青。可惜今日学者或者盲人瞎马，或者睁眼瞎话，置事实与常识于不顾，只能做西方理论的传送者和应声虫。岂不知，一切理论都是从各种人类实践中归总汇集而来，无有人生日常的基础土壤，所谓理论莫不是空中楼阁或海市蜃楼？

读《中西文明的历史对话》一书，除了可以感受到作者对现实的冷眼观察和思考，他对中国北方世俗民情的体味格外引人关注。对于中国人文社会科学来说，田野工作是需要大大补上的一课。但由于各种原因，原本作为研究基础的社会调查、田野实践并无法充分展开，久而久之渐渐失去了对田野工作的习惯和意识。这使得社会科学中的社会感，只能凭借研究者自身品质以及专业良心去实现。史仲文在书中虽然没有一章一节述及具体的社会时情，但读者完全可以从字里行间当中体会到作者命题的情感动机之所在。如第三章对儒学文化进行反思和总结儒家文化的特点、缺点和结构缺陷，会心者谅必引为知音。通过现实观察进行提问，经各种理论辨析，再回到生活实践中检验，岂非正、反、合应有之逻辑辩证？

《中西文明的历史对话》中的另一大特点是语言的自由。窃以为，众人今日念兹在兹的学术自由，首当其冲的是语言自由。昔日李泽厚在描述 19 世纪 90 年代中国学术，曾有思想家淡出、学问家凸显的著名判断，至今仍不时有人引用。思想与学术的重要分野之一在于语言的差异。思想语言强调统摄性与穿透力，如投盐，水亦可，汤亦可，味道在无影无形之中；学术语言则偏向于学科内部的知识发展，为满足学术自身逻辑而服务。以西学观之，学术语言自然是横看成岭侧成峰，各家有各家的表达。当前中国人文学术的语言却呈现明显的模式化、平面化和扁平化的趋势。要么面目模糊、千人一声，要么故弄玄虚、弯弯绕绕，以己之昏昏欲达他人之昭昭，实际上是为自己的不求甚解和思想空空寻找挡箭牌。

马克·布洛赫在《历史学家的技艺》里说："任何一件历史事实的产生都是人类内心世界驱动的结果，考查历史不仅要了解彼时彼地的政治、经济、文化等状况，还要研究人们的心理世界，包括动机、情感等。"写作是探索人心的重要途径。《中西文明的历史对话》不是写给那些将中西文化比较仅仅当作饭碗的人士，而是努力与真正忧心中国未来的人们展开对话。同时，史仲文谈传统文化，爱之深，责之切，与那些把国学、文化当商品销售的学术贩子和文化骗子实有天壤之别。

四

据说,《中西文明的历史对话》总销售有百万册之多，这在十多年前，可谓惊人数字。笔者一直认为图书的写作、销售与传播颇具研究价值，正如文学研究中早已将抽屉文学、地下文学纳入高头讲堂，开发出巨大的文化史意义。不同的销售渠道意味着不同的读者、不同的价值与趣味，乃至于一本书的不同写法。统观改革开放以来形成的图书销售渠道，如果说以新华书店代表的一级渠道代表着体制内近于官方和学院的接纳认知，二级渠道则在寻常巷陌之中，体现真正的市场经济。正是那些游离于体制内外、通过浅明的个人阅读和口耳相传所形成的自然健康、反馈民意的读者市场，才是真正反映社会心态的时代晴雨表。能让这些从饭费里挤出钱买书的读者叫好，何止不容易，简直是太不容易了！从日子中感受中国未来走向以及对市场经济、自由民主价值的高度认同,《中西文明的历史对话》能够产生影响和启迪的恰恰是这批读者。他们不晓得太多术语，对理论兴趣也不多，唯其有现实生活中的鲜鲜活活的亲眼观察和切肤体验。他们势必是社会发展的亲历者，经济生活的承担者，真正用心感受、用脑思索的读书者。对这些人，一言蔽之，是万万做不得假的。《中西文明的历史对话》立足真情写作和真实阅读，躬逢开放大潮，启蒙推广之功大焉！

印度文学家萨尔曼·拉什迪生于印度独立的1947年，其人笔下曾有“午夜之子”之谓。出生于1951年的史仲文或可视为晚生两年的“共和国之子”，几与新中国一同成长。“文化大革命”、拨乱反正、改革开放、市场经济……他都生逢其时，深度参与其中；农村、都市、军营、大学，乃至笔墨江湖、新兴网络……21世纪初中国人的诸种社会空间，他都恰入其中，腾挪辗转，游刃其间；在京城的多所大学之中，他前后扮演了管理、教学、研究、出版和协调组织等多种角色。大学教坛、写手江湖、图书市场，他亦能随进随出，张弛潇洒有度。观其半生，其经历不可谓不广，对社会各分支部门的认识洞察也远较同龄人为深。加之其人博闻强识，妙笔生花，尤能广采众说，汇于己之一身；身临如今山头林立、满坑满谷的学者“大卖场”，颇有离世独立、和而不群之古风。史氏思敏如电，运笔如刀，著作已逾30余部，且多为图书市场淘沙沥金后的畅销之作；主编的《中国全史》《世界全史》《世界艺术史》，文字上亿，卷帙浩繁。在当今学林书海，可谓自成一家，亦可视为一位文化奇侠。

以象牙塔内眼光观之，史氏学历平平，起步却相当顺利，19世纪80年代末便已在京城经济类高校执掌讲坛，并在中国经济研究会崭露头角，后又辗转于民族类高校、理工类高校。自19世纪80年代中期著作生涯开始，一向以出手迅捷、市场彰显而闻名于书林文坛。《正义你听我说》《中国人走出死胡同》等皆为口碑名作，影响了当时的中国人。

后有中国文化书院刘梦溪先生求贤若渴，高规格聘至文化书院。史氏本拟偏安于此学术桃源，但曲水流觞终非日常生活，群贤毕至也难免曲终人散。其后，史氏避于京西末流高校，隐于体制巷陌之中，继续信笔由缰、笔走龙蛇，悠悠哉偏得多年清静光阴，恰好可以大展如椽巨笔。《中西文明的历史对话》之后，接连撰出《大唐诗史》《两宋词史》《改变世界的人文大师们》《汉语是这样美丽的》《中国文化的十大品性》《中国六大名著的现代阅读》《生死两论》《真理的两端性》等著作，可谓进入创作研究的第二个高峰期。

史氏治学有三大本领：一为不畏跨界。当今学者，往往以专业自矜，居学自傲，常常画地为牢而不自知。偶有想要逾越专业，又不免前瞻后顾、进退失据，无非深陷藩篱久矣，纵有学术自由亦处之不惯。史氏为文，则文史哲艺美学经济管理无遮无挡，人才学、家庭学、文化学等衍生领域，全能信手为之。概非不识学科规矩，而是本来无有专业之束缚，自然无须受限，可谓“本来无一物，何处惹尘埃”。二为长短不拘。真正为文者，自然晓得各类文体之长短优劣，善一二种便可畅走学术江湖。如小说，长篇小说家未必敢拿短篇小试牛刀，短篇小说家十有八九望长篇而生畏。而史氏长能撰写大部著作，短能快制网络时评，长枪短炮不在话下，嬉笑怒骂皆为文章。三为读其文如晤其面。绝大多数人文学者，听其言大抵不如观其文，讲坛席间坐而论道、侃侃而谈者比比皆是，但真正严守逻辑、持论公平者并不多见。也有另一种，写的比说的好。有如球员，训练场如下山猛虎，正式比赛则沦为病猫，以不在状态之语，无非欺人耳。而史氏则在文与言之间始终保持着一致的思维水准和语言风格。《中西文明的历史对话》成书于作者壮年，洋洋洒洒72万字，不过数月竣工；后期短篇网文，几乎口诵成篇，而不需改动一字。后碍于目疾，依赖口授助手现场录入。万言篇幅，也不过半天光阴，实在有惊人的结构文章和思维逻辑的能力。今日50后学者中，有几人欤？

史仲文的学术出于哲学美学，却不肯暮气沉沉、拘于学院窠臼；长于社会观察与文化批判，对结构研究和真理两端的辩证分析独有心得。他对社会底层民情的关怀透彻人心，笔触之广阔、世情之体察、人道之关切，有如法国文豪雨果；受目疾所累，花甲之年后的写作不免气势渐弱，但仍凭借着超强的思维力，恪守学者职责，而文章锐度丝毫不减，时常发出惊世骇俗的正义呼声，迸发出弥尔顿式的激情。他的文字，富有才思，又有情思，尤有忧思，同时对未来中国必将走向民主表现出难得的乐观与坚定。阅读史仲文，读者才会明白，为什么在黑暗中人们需要坚信“天会亮的”。

昔日，李慎之先生曾将20世纪中国学术与革命的关系概括为救亡压倒了启蒙。对于今日中国来说，革命话题虽然远去，但是攘除种种权力思维、等级思维，仍然任重而道远。从这层意义来说，启蒙的意义仍然巨大，捍卫启蒙不容忽视。对习惯了庸庸碌碌和想要放弃思考的人们来说，甚至，启蒙就是救亡。

新文化运动和五四运动百年纪念，尤不可忘却其真精神。傅斯年说：“若说这五四运动单是爱国运动，我便不赞一词了；我对这五四运动所以重视的，为他的出发点是直接行动，是唤起公众责任心的运动。我是绝不主张国家主义的人，然而人类责任心的发挥，全以责任心为基石。”[①] 责任，这才是五四前贤孜孜以求的真精神。

① 傅斯年：《中国狗和中国人》，《新青年》第6卷第6号，1919年11月1日。

史仲文先生其人其书，以及这个时代所有真心热爱自由、正义的人们，时间会检验出他们的价值。今日的读者，来日的诸君，请拭目以待……

3.2 研究拓展与经典重构——评《俄罗斯诗歌研究》

对俄国诗歌进行研究，是中国的俄国文学研究中的重要传统。一方面由于诗歌在俄国具有崇高地位；另一方面俄国文学对本民族文化崛起与振兴始终念兹在兹，使得心理攸同的中国研究者心有戚戚，有时甚至研究者本人也会受到诗歌艺术精神的感染和默化。在这一学术背景下，曾思艺教授的新作《俄罗斯诗歌研究》（以下简称《研究》）回顾诗史，视阈广阔，展现了多元立体的研究策略，对俄国诗歌在中国的经典化将起到重构的作用。

一、诗史视阈

《研究》以中世史诗《伊戈尔远征记》为起点，上迄18至19世纪杰尔查文、茹科夫斯基等普希金的前辈诗人，下至白银时代叶赛宁、茨维塔耶娃、古米廖夫等现代派诸家，以及20世纪中期阿赫玛托娃的诗歌，对俄罗斯诗歌史上代表性的诗人诗作进行了全方位的分析研究。既有对普希金、丘特切夫等影响巨大、作者情有独钟的大诗人进行分章阐释，又有对各时期诗歌流派主要诗人的分节透视，将不同诗体、不同风格的诗歌熔于一炉、对比阐析，还详加考察了俄国诗歌对20世纪中国诗人的深刻影响。可以说，该书立意高远，线索明晰，在历时与共时的共同视野中，形成了多元立体的研究格局，称得上是国内学界围绕俄罗斯经典诗歌视阈广阔、全面通达的一部力作。

在研究对象的选取上，《研究》颇能显示作者敏锐的问题意识和对前沿学术动态的捕捉把握，且多有新见。对于俄诗的经典作品《叶甫塞尼·奥涅金》，作者在总结奥涅金形象的三种主要观点后，大胆提出作品实质上是在深刻思考“个人与社会的关系问题”①。对阿赫玛托娃的代表作《安魂曲》，作者分析了其诗体篇幅、写作发表、思想内容及结构手法的独特性，并不时与前人进行隔空的研究对话。对于屠格涅夫，作者独抒胸臆，发掘并分析了学界忽视许久的散文诗《对话》《乡村》，发前人所未发。经典作家和作品的研究，前人深耕已久，来者无疑需要细作，倘求创新，不仅需要具备扎实的学术史功底，还要有革旧出新的学术勇气，这正是《研究》作者的追求。

《研究》采取了一种类似文学史的章节安排，按照诗歌发展的线索布置各章次序，每章之中提炼出主要作家，适当考虑章与章之间的篇幅均衡，不同作家的研究点完全来自作者所捕捉到的前沿主题。这种结构的好处是利用文学史的框架将复杂的文学材料组织起来，使得经典作家各安其位；同时，根据作者最新的研究进展，自由灵活地安排每节的内容。读者在结构上获得了文学史一般的明晰度，在具体章节上又可以呈现研究的最新动态。譬如莱蒙托夫，在其全部抒情诗中，作者爬梳整理，指出其中有20多首当以象征诗视之。同时还对学界较为忽视的莱蒙托夫叙事诗给予了足够关注，提出其叙事诗具有题材传奇为主、结构较为丰富、视角有所变化、人物性格突出以及风景描绘出色等五个特征。述及这些内容的同时，对学界看法较为一致的莱蒙托夫抒情诗便不多言。从结构上看，这与大名鼎鼎的米尔斯基《俄国文学史》可以加以类比。米氏著作虽然名为文学史，却具有强烈的个人批评眼光，充满了洞见或意气，所以在章节分配上极不平衡。专节作家短则不满1页，长则20余页，全赖其“本人的文学取向和美学偏好”②。曾氏一书，同样不肯求全责备，但观点更为公允可靠。

作者不以追求文学史的面面俱到和寻根溯源为目标，但不忽视对文学史脉络潜流的把握，如对农民诗歌的特殊重视。在曹靖华主编的《俄国文学史》中，柯尔卓夫（曹书取柯里卓夫译名）曾被视为19世纪30至40年代

① 曾思艺：《俄罗斯诗歌研究》，北京大学出版社，2018，第230页。

② 刘文飞：《米尔斯基和他的〈俄国文学史〉》，刘文飞：俄国文学的有机构成，东方出版社，2015，第313页。

俄国文学的代表作家，其后由中国人撰写的文学史中，柯尔卓夫渐渐失去地位，只偶尔出现在引言部分的叙述文字中。柯尔卓夫出身农民，他对俄国农民劳动和农村妇女生活的描写，都是俄国文学史具有开启意义的内容。《研究》用万余言分析了具体诗作，格外肯定了柯尔卓夫的农民诗风。文学研究固然要摒除政治意识的影响，但也不可为了翻转而翻转。《研究》从柯尔卓夫的农民诗、丘特切夫、费特的田园自然描绘，到屠格涅夫的乡村散文诗以及叶赛宁的乡村田园诗歌，细致勾勒出一条俄国诗歌特征性的阅读与分析路径。假以时日，这或许是作者进一步研究的契机。

对于叶赛宁的定位，他是农民诗人抑或现代诗人？新农民诗派抑或意象派？《研究》或许顾及叶赛宁与现代主义诗歌运动的关系，并没有轻易贴上标签。无独有偶，汪介之的《俄罗斯现代文学史》提到了叶赛宁对梁赞土地和农民的深情描写，以及其所在的“乡村诗人”或“新农民诗人”的诗歌群落，但该书也没有把新农民诗歌作为一个单独流派①。国内有学者倾向于将叶赛宁和克柳耶夫等视为新农民诗派②，可备一说。

二、多元立体的研究策略

通读全书，可以感受到作者在努力寻求文化历史批评与文学本体批评的平衡与协调，努力寻求文学外部研究与内部研究之间综合优势的发挥。在书中，古典、传统、现代、革命、未来、超前……反映出作者对于文学时间的理解；个人、社会、俄国、世界、人类……见出作者的观察视野；诗心、文化、人性、思维、观念、主题……是该书的思考维度；见证、创造、创新、发展、回归……乃其价值评价之所在。可以这样说，在面对具体诗作时，作者以文学价值范畴为本，重视批评的话语；对诗人的整体理解，则以文学史

① 汪介之：《俄罗斯现代文学史》，中国社会科学出版社，2013，第214—222页。

② 张建华、王宗琥：《20世纪俄罗斯思潮与流派（理论篇）》，外语教学与研究出版社，2012，第157—180页。

价值为中心，重视历史的话语。二者之间形成了多元立体的研究策略。

第一，《研究》以比较文学提倡的世界文学立场为接受屏幕。作者对19世纪俄罗斯唯美主义文学有过深入研究，已有专著《19世纪俄国唯美主义文学研究——理论与创作》行世。在《研究》中，他对丘特切夫、费特、迈科夫、波隆斯基、阿·康·托尔斯泰和尼基京等诗人又有新的发覆。对于稳坐唯美主义第三把交椅的诗人迈科夫，国内研究和翻译还很薄弱。作者在译出诗人120余首代表诗作的基础上，提出诗人作品具有一种古希腊罗马的风格。迈科夫曾于18世纪40年代初在意大利和法国游历，深受罗马文化遗迹的精神熏陶，这与英国诗人拜伦和雪莱行至南欧，被异国风光激发出旺盛的写作热情，是极为类似的，彼此间风格上的相近之处也颇可一说。作者在大学常年教授西方文学课程，对古希腊罗马文学熟稔于胸。沿着西方文学的发展脉络，运用比较文学的思维，将迈科夫笔下的希腊罗马题材、形象、典故及风格详加考察，做出了细致到位的分析，很有说服力。这是站在世界文学的高度，对所研究诗人诗歌进行全方位透视和立体化勘研的一个范例。

第二，《研究》非常重视对多学科理论方法的综合运用。在研究方法层面，一方面具有强烈的比较文学学科自觉，综合借鉴多种文学理论方法，不局限于任何一种理论学说，将翻译学、形象学、侨易学、生态学以及比较文学中的影响研究、接受研究、文学关系史、交流史等各家理论熔于一炉，纵横贯通。另一方面，作者对外国文学研究中存在的对外国学者过于仰视、人云亦云的现象有所警惕，如对费特《呢喃的细语，羞怯的呼吸……》等名诗的理解。俄国学者基于西方诗歌脉络，缺少中国诗歌的比较视野。曾思艺则联系中国古诗意象突出的特征，提出了该诗具有意象并置、画面组接的新看法。这是中国学者立足民族文化立场，构建中国学术话语的有益尝试。

第三，在艺术本体层面，全书立论建立在扎实的文献阅读和近乎苛刻的诗歌翻译基础上。中国人写域外诗史，以王佐良《英国诗史》为翘楚。其中对于英国诗歌的整体视野、对不同时期诗作内在肌理的准确把握，以及随处可见的诗性文字，都令读者印象深刻，至今无出其右。何以如此？关键在于王佐良引用的许多诗作，都尽量不假他人而亲手翻译。研究外国文学，做好翻译工作是重要条件，本书作者便是如此。曾思艺早在 19 世纪 80 年代末开始俄国诗歌的翻译，并一直瞄准丘特切夫、费特等唯美派诗人，如同玄奘求经，30 年来痴心不改。对俄语诗歌翻译反复琢磨，孜孜矻矻，致力于通过译笔在汉语中再现俄国诗歌的魅力，仅俄国唯美派七大诗人的作品便翻译了近千首。全书最后一篇《复制原诗韵脚的重要性——也谈俄语诗歌翻译中的格律问题》将俄诗韵脚条分缕析地概括为四行诗四种、六行诗七种，将译诗经验不吝分享，可视为作者翻译经年累月的夫子自道。

第四，从研究主体层面，诗歌研究的动力首先来自诗感的建立，文学史观是调整这种诗感的结构力量。同时，翻译诗歌，既是翻译，又是一定程度的诗歌再创作。作者不仅要有精深的俄语和汉语功底，还要对诗歌自身的意象、节奏、频率、韵味等形成较为深刻的感受，才能译诗如诗，在语际跨越之间运转自如，往来有度。

曾思艺教授正是目前外国文学研究界少有的跨越翻译、研究和创作的通才型学者，以及知识构架较为理想的比较文学研究者。他在著书立说的同时，诗心不泯，笔耕不辍，写出了数百首抒情诗、散文诗和诗剧，都有较高的艺术价值，吸引了一些研究者将其作为重要艺术现象加以分析。在这个过程中，曾思艺磨炼出了对诗歌文本细致精微的审美感受，与万里之外的俄国诗人们取得了高度的精神一致性；诗歌创作令他的研究如虎添翼，在分析与阐发、理性与感性之间获得了一种平衡。

今日中国诗歌翻译的最大问题，或许不是外文能力，而是对诗歌本体的领悟，唯其译文诗味不足，往往引为憾事。在中国文学翻译史上，冰心译泰戈尔的诗、卞之琳译莎士比亚十四行诗、绿原译《浮士德》能成为译界经典，盖由于译者自身禀赋，独具诗家慧眼，因而在各自研究创作领域开花结果，乃艺苑相互砥砺的结果。俄语译界中，《奥涅金》多个中文译本形成的浩瀚译史：查良铮以译文作诗，在诗国世界上下求索；顾蕴璞不甘译笔，奥涅金诗节油然而出……都是译者与诗人神遇于千古的佳例。中国的诗人型译者前仆后继构建着“伟大传统”（利维斯语），曾思艺正是这个传统中新的一环。

三、经典重构

迄今为止，中国围绕丘特切夫和唯美主义的全部三部专著，皆出自曾思艺教授的手笔。《研究》一书进一步赋予丘特切夫与普希金近似的文学地位，全书只有此两大诗人获得专章分析的地位。这是中国的俄国文学经典化运动的重要变化。

在俄国学界，尽管丘特切夫得到了陀思妥耶夫斯基和列夫·托尔斯泰的高度赞誉，托尔斯泰甚至认为他高于普希金和莱蒙托夫，但他在俄国诗坛的地位还是19世纪末象征派树立的。今天的俄国学者已经肯定丘特切夫和另一位唯美诗人费特，与普希金、莱蒙托夫、涅克拉索夫具有同等地位，是“五位毫无争议的经典诗人”。①

在英语学界，人们对俄国诗歌经典的眼光也在变化。近百年前，英语世界较有代表性的《世界文学研究导言》（*Literature of the World: an Introductory Study*），言及普希金和莱蒙托夫的时代，只提到克雷洛夫、尼基京、阿·康·托尔斯泰、柯尔卓夫、涅克拉索夫五位俄国诗人，全然不见丘特切夫和费特的踪影。② 从一个侧面反映出英语学界对俄国诗歌曾经的认识。当下情况有所改观，丘特切夫地位明显上升，但与普希金还有差距。美国三大世界文学选本——《诺顿世界文学作品选》（*The Norton Anthology of World Literature*）、《朗文世界文学作品选》（*The Longman Anthology of World Literature*）、《贝德福德世界文学作品选》（*The BedFord Anthology of World Literature*）基本上以普希金为核心构架19世纪俄国诗歌，不约而同地赋予普希金最多的篇幅。2018年牛津大学出版社推出的《俄国文学史》（*A History of Russian Liter-*

---

① 〔俄〕谢·伊·科尔米洛夫主编：《二十世纪俄罗斯文学史：20—90年代主要作家》，赵丹、段丽君、胡学星译，南京大学出版社，2017，第13页。

② William L. Richardson & Jesse M. Owen. *Literature of the World: an Introductory Study* [M], Athenxum Press, 1922, pp. 291 –322.

ature）中，丘特切夫时常作为普希金和莱蒙托夫的比较对象，[①] 他在 1850—1868 年写出的一些爱情诗被认为属于“俄国最美情诗之列”。在英国，较为大众化的《企鹅俄国诗选》（*The Penguin Book of Russian Literature*）也采取了类似的结构，丘特切夫和费特被视为“后普希金”（After Pushkin）时代的诗人。[②] 至于迈科夫、阿·康·托尔斯泰、波隆斯基等唯美诗人在不同选本中都并非不可或缺的人物。

在中国，丘特切夫早在世纪初期通过译介进入中国，但其诗作进入真正的研究范畴，要迟至 19 世纪 80 年代。改革开放之初，飞白、查良铮、朱宪生等将丘特切夫的诗歌大幅翻译给中国的读者。同时，丘诗作为对以往俄苏文学意识形态化的一种有力反驳而加以提出。曾思艺是这一变化最早的参与者：19 世纪 80 年代中期接触丘诗，1987 年开始研究，1989 年发表第一篇丘诗研究论文。此后他从学术青年渐渐成长为颇有建树的成熟学者，始终将丘特切夫作为自己研究工作的核心，倾注了大量心力。通过他的研究，我们认识到丘特切夫诗歌通过通感手法、意象艺术和多层次结构对俄语诗歌艺术的解放，以及诗作中矛盾与困惑的自然意识、异化与孤独的社会意识、死亡意识与生命的悲剧意识，皆与现代文明人类的普遍精神困局息息相通，也直接启发了向内转和探索俄语诗歌极限的现代主义诗歌运动。可以说，曾氏精湛深刻的研究和妥帖到位的翻译，代表了中国丘诗研究的高度，对国内俄罗斯古典诗歌研究起到了纠偏作用，某种程度上重新调整和诠释了俄国诗歌经典的定义。

经典并非与生俱来，它是塑造出来的，并不断变化。确定文学作品是否属于经典，本质在于其文学性，也就是其艺术价值的本质属性，以及可以阐释的空间；同时还有哲学、宗教、伦理、生态等多方面的标准，不同时期学者和读者的期待视野等。

---

① Andrew Kahn, Mark Lipovetsky, etc. *A History of Russian Literature* [M], Oxford University Press, 2018, pp. 406 – 416.

② Robert Chandler, etc. ed. *The Penguin Book of Russian Literature* [M], Penguin Press, 2015, p. 103.

今日，丘特切夫被中国学者重视，本质上是对诗歌艺术价值的尊重，对俄国诗歌首先作为一种独特艺术现象的尊重。一个重要的文学史现象是，更加明快晓畅的诗人容易被记忆和传播，普希金如同宋词中的苏东坡、李清照，被阅读的可能性更大；而丘特切夫、费特则如周邦彦、姜夔，需要更多时间才能被执着于诗艺的人们所铭记。

经典的生成与构造还与文学史写作密切相关。写入文学史（尤其在中俄这种格外重视集体撰史的国度），意味着文学脱离了个人欣赏，而进入民族遗产、集体记忆的层面。文学是民族精神意志通过语言创造物的一种最高体现，那么文学史则从广义的角度包括这种体现的创造物（作品）、创造者（作家）以及围绕创造物生成的各种文本（研究文献），文学经典正是其中最重要的想象载体

文学史当中，对于文本的比较、分类和划分等级，就预示着经典的范围以及弹性。同时，文学史付诸经典的形成，也意味着权威的树立和争议的可能。在世界各国文学史中，对各种经典的确立、修正、翻转、重构，成为文学史写作的常态。

某些时候，文学经典写入文学史，并占据显要位置，可使得经典以加速度的方式强化。李赋宁总主编的《欧洲文学史》（2001）中，丘特切夫获得了3000余字的较大篇幅；和俄国学者观点类似，丘特切夫和费特在任光宣主编的《俄罗斯文学简史》（2016）占据了19世纪俄国黄金时代五大诗人的位置。这些都是重要的经典化现象，与曾思艺教授的学术、翻译工作是分不开的。

丘诗研究这一新领域还需要吸引更多学者步入，并且在大众的经典阅读中引起反响。这时，研究工作就显得不仅仅对学术事业具有意义，而是通过参与经典构造，形成一种向大众敞开的包容性。理想的文学史或许永不可得，学术研究扮演了永不厌倦的追求者的角色，始终朝着理想的方向趋近。曾思艺对丘特切夫、费特等诗人的研究，成为经典重构过程中所需的温润土壤。《研究》为热爱诗歌的人们走向俄语诗歌提供了舟楫与阶梯，将中国的俄国诗歌研究推向新高度，也向俄国和世界打开了认识中国文学的窗口。

3.3　中国比较文学的理论诉求——评王向远教授《宏观比较文学讲演录》

比较文学是20世纪中国的文学研究中十分活跃的学术领域。梁启超、王国维、胡适、鲁迅、周作人、郑振铎、许地山等学术先驱筚路蓝缕的学术开创，将比较文学的学术思维和方法引入中国，中西文化比较成为20世纪中国思想史一道独特风景。世纪下半期，钱钟书《管锥编》熔古今中外文论诗说于一炉、季羡林关于印度史诗的翻译与研究、中国学派的讨论与争议……这些都显示出中国比较文学的活跃程度与创造能力。

在当下众多中国比较文学学者中，北京师范大学王向远教授是非常值得重视的一位，也是领域中最有成就的60后学者。他既擅长理论著述，又重视翻译实践，可谓比较文学双枪将；尤其他的研究以原创性、思想性以及理论建构见长。作为王氏学术大厦重要基础的《宏观比较文学讲演录》（以下称为《讲演录》），集中展现了他的“宏观比较文学论”。此学说既是他多年从事比较文学研究的灵感迸发，也是对于学科理论思索的结晶。

一

《宏观比较文学讲演录》一书凡五章十九讲。第一章对比较文学定义进行阐释，对比较文学在中国的兴起与发展进行简要回顾，在此基础上，提出全书核心命题——宏观比较文学。作者将其界定为“以民族（国家）文学为最小单位，以世界文学为广阔平台的文学研究”。并明确区分了宏观比较文学与微观比较文学。“宏观比较文学所关注的一般不是微观比较文学那样的具体的个案问题——除非某些个案研究可以导出具有普遍意义的理论观点或学术结论。”①

① 王向远：《宏观比较文学讲演录》，广西师范大学出版社，2008，第20页。

在确立了宏观文学总体特征后，作者明白无误地告知读者，宏观比较文学可以分为三个层次："民族文学"或"国民文学"；区域文学研究；世界文学研究。

在第二到四章，作者对中国文学、印度、犹太—希伯来、阿拉伯、伊朗（波斯）和日本等东方各国文学和英国、法国、德国、俄国和美国等西方文学的特性进行了阐释。第五章则根据他所提出的区域文学观念提出了亚洲文学、欧洲文学、拉丁美洲文学和南非洲文学存在的区域性特征。最后一章总结全书，进一步提出世界文学的构想。书尾附有作者接受采访的治学感言等补充信息。

全书的主体篇幅在于树立宏观比较文学概念，以及论述作者眼中的 11 种国民文学的特征。在作者提出的宏观比较文学三层次中，"民族文学"或"国民文学"作为最基础的部分。从教学实践的角度来说，这种调整非常具有针对性，可以大大改善现有比较文学教学中教师不好讲、学生不好学的尴尬境况。

1998 年教育部调整改革，比较文学被纳入本科基础教学部分，"比较文学与世界文学"被确定为中文学科的二级学科。报考"比较文学与世界文学"专业研究生，必须接受比较文学专业基础知识的考察。然而，在学科规定非常明确的情况下，大多数学校的中文系往往重视世界文学部分，也就是外国文学史部分；在外国文学里，又偏重西方文学，而忽略东方文学。比较文学经常成为鸡肋，在教学大纲和课时安排上成为可有可无的对象。在开课过程中，教师不好讲授，学生不好理解，是最为突出的问题，究其原因主要在于比较文学知识体系过于封闭。一般情况下，比较文学偏重于学科历史、学科理论和原理概念的阐析，学生接受难度大，也无法从学习当中获得深度学习的思考体验，时常困于"A + B"式的简单模式中。

19 世纪 80 年代以来，中国比较文学进入发展的第三个高峰期。比较文学概论、原理、教程一类著作层出不穷，据不完全统计有百种之多。这些著作一方面凝结着著者对比较文学学科历史和基本内容的整体看法；另一方面也是作为教材真刀实枪进行教学的产物。自从 1998 年扩招以来，中文专业学生人数激增。有力量开设比较文学已实属不易，更遑论教师主动更新知识体系了。在这种情况下，教师一再给学生灌输法国学派、美国学派、影响研究、平行研究、期待视野、接受屏幕……饱受文学史教育的学生对这些学科知识莫名其妙，理论部分又可能与文学理论教学相互重合。所以，参与过比较文学课堂的师生，都能强烈感受到这门课的教学效果实在乏善可陈。

而从二级学科的另一半——外国文学观之，现有的外国文学教学也不能称为成功。在外国文学教学中，学生获得的往往是单个作家、代表作品的零散印象，十分缺乏整体感。外国文学史划分阶段的标准历来不一，古代文学言必称希腊，偶尔加上罗马，中世纪文学按文体类型（教会文学、民族史诗、骑士文学和民间文学）讲解。到了文艺复兴之后的文学，似乎便进入潮流变幻、理论登场的时代：人文主义、古典主义、启蒙主义、浪漫主义、现实主义、现代主义……在“主义教学”思维笼罩下，学生容易形成过于观念化，甚至是僵化的文学史思维；按照文学历史阶段与潮流，各国作家讲了不少，各国文学优秀作品分析了许多，却对各国文学的整体仍然不甚了了。狄更斯、巴尔扎克、陀思妥耶夫斯基可以共享现实主义主义之名，却无法把握狄更斯跟简·奥斯汀、笛福，甚至乔叟、弥尔顿、莎士比亚之间有什么关系。文学史观念的强化，严重冲淡了以语言为本的国别文学传统。讲了那么多英国或俄国文学（作家、作品），却不知道英国或俄国文学到底有怎样的整体特征，这不是很荒谬吗？这种情形，不止存在于中文院系，外语院系讲文学部分，更多偏重于字词语篇。很多学了“英美文学概论”一类课程的学生，对英国文学和美国文学的整体轮廓还是满脑空空，足以证明文学史教学的草率粗疏。从这层意义来说，强调国民文学的基本属性，是很有针对性和原创性的。《讲演录》对宏观比较文学三个层次，尤其是“民族文学”或“国民文学”的强调与突出，正源于此。

二

宏观比较文学不仅是一种教学的改进，而是有着充分学理根据和学科建设意义的理论言说。王向远指出，在世界比较文学史和学科史上，尽管没有人明确提出将比较文学分为宏观和微观两个层面，但是在比较文学早期历史当中，已经有很多有识之士注意到了这一点。譬如弗·施勒格尔就要求通过对民族文学作整体的描述，去进一步把握民族的差异。另一位重要的比较文学家梵·第根也充分意识到他那个时代比较文学（主要是法国学派）的局限与不足，提出了国别文学研究、比较文学研究和总体文学研究这三个概念。其中，总体文学研究的说法不仅遭到了后来的美国学派的攻击，在中国比较文学研究中也时常被过度引用。然而，引用之后往往莫衷一是，并不具有充分的阐释力。

这是理论概括不足造成的缺陷。故而，王向远扬弃总体文学的说法，而重新划分宏观、微观两个部分的比较文学，进而把宏观比较文学细分为上文所说的三个层次。这样做的好处在于将运用比较文学思维方式形成的民族或国家文学的整体观特征呈献给教学对象，可以跟传统的外国文学史教学形成相互支撑之势，而把关于学科历史以及关于比较文学个案分析的部分擢升至研究生层面的教学当中。换言之，那是已经进入研究程度的学人们所要思考的事情。这样，比较文学就不再是曲高和寡的阳春白雪，而成为既有精英深度和专有领域，又可从容进行大众教学和普遍传播，成为真正富有生命力的学科。

作者对于各国文学特征的概括归纳，读者应对其认知方式有所注意，因为这部分内容见仁见智，也很能反映出一个学者的个体偏好和对文学的细腻感触。譬如王向远将其浸淫最深的日本文学概括为三大特征：思想构造：皇国观念与“脱政治”的二元结构；情感表征：情趣性、感受性的极度发达；审美取向：以小为美的“人形”趣味。其中，第一点尤其重要。作者通过大量的个案确定日本作家具有脱离政治、疏离社会的倾向。但是脱离与疏离并没有促生离世索居的陶渊明式的作家；相反，作家们在对政治的不闻不问的态度之下隐藏着一种服从和顺应。“在一定的历史条件下，就容易走向‘脱政治’的反面。”① 侵华战争期间，日本作家、文化人通过各种各样、直接间

① 王向远：《宏观比较文学讲演录》，广西师范大学出版社，2008，第112页。

接的形式参与了侵略战争的国家行为当中，其动力就来自于头脑中“近乎本能的皇国意识和日本国家主义”①。这是极为富有辩证思想的文化判断。不要误以为作者不过是短短几页篇幅中的简单感慨。王向远在此之前已经出版了《“笔部队”和侵华战争》《日本对中国的文化侵略》《日本右翼历史观批判研究》等日本“战争文学”研究三部曲。为了完成这些著作，他对保存在国家图书馆的大量日本战争文学、文人笔记和各类文化材料的日文全文进行过拓荒式的阅读和研究。所以，《讲演录》中的这一句判断是建立在其丰厚的研究历程基础上的，是厚积薄发的至深之言。这里不妨提醒那些终日对日本喊打喊杀的网络爱国主义者们，不妨多向王老师学习如何沉下心来，做些真正有价值的基础工作。

日本文学的以小为美的“人形”趣味是该国文学的重要审美特征。无独有偶，另一位重要的比较文学研究者黎跃进教授也在《中日文学特质宏观比较》一文中概括为“纤细小巧的审美风格”②，可谓不谋而合。

王向远概括印度文学的三个特征，其中提到“文学形象泛众生化”“文艺形式泛音乐化”，并不易理解。印度的多民族、多语言的文学历程当中，完全可以举出大量的反例来加以辩驳。或许概括大抵如此，反诘时常比建构更容易。读者应该更多注意此种整体贯通的思维方式，即学习任何单一文学（作家或作品），都要从其所在文学传统中振波溯源；而这种文学传统的发现，只能在世界文学的交流与对话当中寻找与确立。

三

当下中国人文学界，很多高校教师都存在偏重研究、忽略教学、偏重论著、忽略教材的情况。人们的意识当中，至少潜意识里，专著与论文是个人成果，评职称、申项目，都用得上；而教材，不过是教学的材料，在各类评

---

① 王向远：《宏观比较文学讲演录》，广西师范大学出版社，2008，第 115 页。

② 黎跃进：《中日文学特质宏观比较》，《日本研究》2009 年第 1 期。

比当中次要得多，似乎连签名赠书都拿不出手。

事实上，在网络发达的今日，知识传授已经成为课堂教学中较为边缘的内容。对于文学教学来说，如果已经强调阅读是文学学习的首要任务，在课堂上再去重复作家生平、作品简况、历史阶段这些基本信息，已经不具有太大意义，几乎等同于浪费时间。想要激发学生学习愿望，必须传授学术理念及思维方法，也就是通过学术专著这样的重要承载体去传播方法。也正是老子所讲的授人以鱼，不如授人以渔。

这又涉及专著与教材的关系。对人文学科而言，教师课堂讲授应当以自己的学术研究示人，好专著未必是好教材，但好教材则一定是好专著。

鲁迅在学术研究方面的著作首推《中国小说史略》。他写这部书最初就是为了满足在北京大学的授课需要，《中国小说史略》最早的版本是1920年北大国文系教授会的油印本，当时只有17篇，称为“小说史大略”；1921年增至26篇，称为“中国小说史大略”。作为学术著作的《中国小说史略》出版面世，要迟至1924年6月。可以说，《中国小说史略》的初版本只是课堂讲义，连严格意义的教材都算不上。因为教材尚需修改校订、正式出版；讲义只是课堂学习的材料。按照今天话说，还不具有完整的知识产权。何况，鲁迅只是北京大学的兼职教师，按照北大规定，只能聘以讲师身份。但鲁迅并未以讲师身份为忤，而是兢兢业业奉献出了《中国小说史略》这样的巨著。这本书和王国维《宋元戏曲考》被称为“中国文艺研究史上的双璧”(郭沫若语)，连与他立场不同的胡适也十分赞赏。

胡适的《白话文学史》《中国哲学史大纲》、周作人的《欧洲文学史》《中国新文学的源流》、刘半农的《中国文法通论》等一大批今日奉为20世纪学术经典的著作，都出自课堂教学。傅斯年正是听了胡适的中国哲学史课，便判断这位年轻的洋博士来者不凡，去阻止了那些想要将胡适赶出北大的同学。由此可见，教材和教学的作用非同小可，新文化运动的旗手通过课堂教学征服了未来五四运动的学生领袖，可谓课堂教学的一段佳话。

王向远教授正是这样一位痴心研究同时又高度重视教学的学者楷模。他在进行繁重的学术工作的同时，从来不肯放弃和轻视基础教学，尤其是本科教学。在指导博士、硕士的同时，有些学期他给本科生开设的课时量甚至达到十余节之多，这和那些对教学工作唯恐避之不及的先生们形成了天壤之别。《讲演录》正是来自对文学教育现实的长久观察与深度思考。书中关于波斯文学特征的判断，最早见于作者任教大学之初1993年的论文之中。作者常年立足讲台不断思索积累，既能厘清学者自己的思路，又能解答学生胸中疑惑，可谓教学相长的典范。

王向远谦称自己人在中年、学在中天，其实，即便称其如日中天亦无不可。王氏向来以博学多知、通达透彻著称于当代学林，迄今已有20余部高质量专著问世。作为比较文学学者，他的学术背景和知识脉络是较为完美的。针对国内日本文学研究中空有文学而无文论的情况，他利用自己深厚扎实的日语功底，以愚公移山的精神挑战艰深的古日语，近年来独立翻译各种晦涩难解的日本古典文论，已出版近十册。这些日本古文论在中国几乎没有前人翻译的积累，甚至连介绍都很少。虽然今日中国日本文学研究人员众多，阵势浩荡，但绝大多数都是研究具体作家作品，研究日本文学理论尤其是日本古典文论者几近于无。人文学科最讳言填补空白，但对于日本文论而言，王向远的翻译工作实实在在地填补了国内日本古典文论翻译与研究的空白，将日本文论的研究水准推向新高峰。从工作方式上看，他完全可以像很多先生们那样组织团队作战，号召自己的研究生们共同参与翻译，但他不推卸、敢担当、专好攻坚克难，几乎以一己之力大大推进了日本文学研究的深度。他对比较文学一往情深，用力最多，多年来相继提出了比较文学五大板块说，更新观念提出了宏观比较文学和微观比较文学，在原有翻译学基础上提出了译文学的新概念……他的国学根底十分深厚，在研究中对中国文学信手拈来，对世界各国文学文化现象更是了然于胸。他在《比较文学学科新论》中提出："比较文学是一种寻求人类文学共同规律和民族特色为宗旨的文学研究。它以世界文学的眼光，运用比较的方法，对各种文学关系进行的跨文化的研究。"①

① 王向远：《比较文学学科新论》，江西教育出版社，2002，第5页。

“世界文学的眼光”“跨文化的研究”在他的学术思维、学理探索方面都能贯穿始终，获得真正的研究实践。作为中国比较文学教学研究会会长，他专门组织编撰《中国比较文学年鉴》十余卷。“年鉴”早在19世纪80年代中期——季羡林等前辈学者健在的时候出版1卷。而且，按照今天高校科研认证标准，年鉴既不是专著，也不是论文，纯属无功无过的“玩票”，那些“智慧过人”的学者仍万万不肯为之。但王向远本着对学科的一份责任心，组织青年学人按照比较文学学科五大门类一一记述，并且鼓励执笔者不拘对象、秉笔直书，其雄心胆魄令人佩服。最近几年，王向远作为中国东方文学研究会会长，大力提倡中国东方学应该作为一级学科，向东方显学方向发展，业已形成巨大的影响。

然而遗憾的是，作为一部非常具有创见的比较文学著作，《讲演录》问世十年，并未受到学界足够的重视。既没有在学术会议上引起讨论与反响，也未有专门著作论文对其评述。无奈，最喜标榜交流沟通的比较文学和其他中国人文学一样，把自说自话当作一种常态；学者们似乎意识不到讨论辨析、切磋琢磨形成的学术自由究竟意味着什么。幸喜，该书由中国书籍出版社作为“百年新文化读本（1919—2018）”的经典一种，于2020年再版推出。

对学术发自内心的尊重与担当，通过学术研究提升国民素质和民族实力，这是新文化运动留给中国人的文化传统。后来者未必居上，但后来者需要有居上的雄心。

王氏一书，境界在此。

3.4 理论回响与方法开拓——评《20 世纪中国文学与西方现代艺术论稿》

随着近代以来西学东渐浪潮蜂起，裹挟着新的时代精神、审美风尚和技巧手法的 20 世纪中国文学在世界文艺的影响下萌动勃发、蔚然成长，同时也回馈、丰富和滋养了世界文艺。于是，作为中国比较文学重要部分的中西比较文学研究便具备了极为丰富的研究对象和不可限量的阐释空间，也结出了极为丰厚的学术硕果。马云、胡景敏二位教授合著的《20 世纪中国文学与西方现代艺术论稿》（下文简称《论稿》）正是 21 世纪初中西比较文学以及中西文学总体比较研究领域的一部力作。其价值在于一方面回应了“20 世纪中国文学的世界性因素”的学术议题；另一方面成功运用和开拓了文学与艺术比较研究的跨学科研究方法。

一

中西文学总体比较研究中的一个重要内容是 20 世纪中国新文学的发生，研究 20 世纪中国文学，无法绕开世界性因素的考量。随之而来的问题是这类研究往往执着于中国文学与外来文学的二元关系，局限在中国文学接受外来影响的研究模式中。因而，陈思和率先提倡“20 世纪中国文学的世界性因素”，不断阐发此一研究议题。① 后来，孙景尧、谢天振、陈建华等学者参与讨论，丰富了该议题的学术内涵。这一探讨的意义在于从中国文学研究的立场上进行中西比较文学学理上的探索，进而反思比较文学中影响研究的理论方法，破除要么是本土继承、要么是外来影响的抽象对立。

---

① 陈思和：《20 世纪中外文学关系研究中的“世界性因素”的几点思考》，《中国比较文学》，2001 年第 1 期。

以笔者看来，《论稿》具有回应20世纪中国文学世界性因素学术议题并与之对话的意义。该书35万余字的篇幅聚焦于西方现代艺术与20世纪中国文学的艺术关系，作者慧眼独具，从复杂的中外文学艺术关系史中梳理出法国写实派画家米勒与五四新文学、印象派绘画与20世纪中国文学、后印象派画家梵高与新时期中国文学、表现主义绘画与20世纪中国文学、立体派绘画与20世纪中国文学、超现实主义绘画与20世纪中国文学、西方现代雕塑与20世纪中国文学、雕塑大师罗丹与20世纪中国文学等重要的比较文学论题，并分章别类进行细致探讨；还对社交舞与海派小说、交响乐与中国现代小说以及西方现代绘画对铁凝小说的创作影响等个案做了精彩解读。

以书中篇幅最重的现代绘画为例，西方现代艺术尤其是以西方现代油画、版画和雕塑为主的视觉艺术，成为20世纪上半叶中国期刊报纸等出版物重点采撷并加以传播的内容，也构成了20世纪中国现代作家的重要艺术源泉。中国的现代文艺期刊以快捷的方式和开放的姿态推出的各种文艺内容，使西方现代文学与现代绘画几乎同步出现在中国作家和读者的视野中。比如文学研究会的发起者茅盾（沈雁冰）主持下的《小说月报》，除了刊载西洋名家小说的译文，同时也“每期并附精印西洋名家多幅。特请对于绘画艺术极有研究之人挑选材料加以说明。以为详细介绍西洋美术之初步”。①

这里透露出两个重要信息。一方面，五四名家宣传西方文学、创造新的文学，除了自身创作的需要，根本动机在于藉文学宣传新思想，也即新文化运动所提倡的自由、民主等革新思想，而绘画和文学兼具了这种功能。五四名家选择了一种比后代作家更为开放自由的艺术态度。譬如，抄写魏碑、给中国旧小说做史的鲁迅可以同时倡导“摩罗诗力”，并从表现主义大师蒙克那里获取创造灵感。

另一方面，中国现代作家一专多能者居多。茅盾、郑振铎、鲁迅、叶绍钧、孙伏园等人既是作者，也兼为期刊的主创人和编辑，时常要考虑期刊报

① 马云、胡景敏：《20世纪中国文学与西方现代艺术论稿》，北京：中国社会科学出版社，2015，第15页。

纸的封面设计、彩页彩插和整体装帧等。这样，能够同样传播进步思想的西方现代视觉艺术，尤其是绘画，作为重要的设计和排版的技术手段，便成为向读者引介的重要内容。《小说月报》《北新》《文学》等期刊编辑在封面和彩页上所下的功夫或许不亚于其内文组稿。期刊以醒目的颜色和鲜明的个性直击读者双目，最为直观地表明主创人员的办刊宗旨，也成为当时出版物市场竞争中的有效手段。

同时，那些负笈东西洋的中国现代文学先驱们，也不同程度地亲身感受或间接领略到了西方现代艺术的奥秘；文学、绘画、建筑、音乐等多重现代艺术氛围的熏染，潜移默化地影响着中国现代作家们的眼光视野和技巧手段，开拓了他们的艺术视野和想象空间，也生成了中国现代文学的新的场域。从世界艺术的角度对这些文学历史进行重新审视，无疑大大拓展了中外文学、文艺交流的研究领域。

书中关于米勒与五四新文学关系的研究非常富于启发性。对于研究而言，并不在于寻找到多少现代作家接受米勒影响的历史证据，文艺研究的精神属性表现在米勒创作的现实主义风格与20世纪初中国作家自觉追求的自然主义和写实风格有高度的精神契合。“为人生”的文学观、书写被侮辱与损害的底层群体等文学现代性议题因而成为世界文学现代性中的内容，并与现代绘画领域的米勒研究话语构成了对话与回响。论者试图还原文学研究最基本的审美判断和创作心理等方面的艺术本体分析，很能说明20世纪中国文学对世界文艺营养因素的创造性吸收和转化现象。

这样，《论稿》就从理论层面回应了陈思和提出的议题，即质疑以文学实证为基础的影响研究方法，反思目前研究中存在的逻辑误导，以及“走向世界”策略上的悖论性。同时重新整理了中国现当代文学是在外来影响下建立以来的发生学思路，从西方现代艺术家、中国作家、文学思潮和时代剧变等多个方面来对既有研究方法进行再审视。20世纪中国文学的发展不是被动的文学接受，而是在外国文艺的多重激励下和不断汲取各种艺术营养的主动选择过程中，不断丰富和发展自身的。此种研究理路某种程度上也超越了传统比较文学影响研究和平行研究的二元对立模式。

二

如果说《论稿》对于20世纪中国文学世界性因素的考察是有着明确的自觉意识，那么如何将这一研究落到实处，如何既要充分注意西方现代艺术对20世纪中国作家提供充足养分的历程，又要阐析作家们如何充分发挥主体意识去选择、欣赏和领会西方现代艺术，这是需要认真思考的问题。换句话说，破除影响研究过于简单机械的窠臼，需要显示这种文学与艺术之间不同学科的对话与生产关系。《论稿》一书采取的文学与艺术比较研究的跨学科研究方法则显得十分具有活力。

某种程度上，由比较文学美国学派提出的平行研究已取得了与影响研究平起平坐的地位；相对来说，同为美国学派理论产物的跨学科研究，在比较文学学科内部地位则不太稳固。一个例证是2002年杨乃乔主编的《比较文学概论》中，跨学科被定义为比较文学的一种研究视域，而不再成为一种重要的研究方法。这种对于跨学科研究性质的理解很有代表性，即跨学科研究是一种研究的视角和眼光，而非行之有效的方法。此后，曹顺庆主编的《比较文学学科史》在述及美国学派的历史时，干脆冠以美国学派的平行研究时期，把该学派的历史等同于平行研究方法的历史。全书几乎没有涉及跨学科研究的内容。同年出版的曹顺庆、王向远共同主编的《中国比较文学年鉴》(2008)一书中，只在学科理论部分提到了两篇跨学科研究论文，其他部分跨学科研究似乎踪迹全无。作为全方位考察的研究年鉴，很能反映跨学科研究方法属性的内在不足。

可见，跨学科研究的理论贡献远远大于研究实绩，方法呼吁常常大于实际运用。或许由于文学与哲学、社会学、心理学等社会科学的学科本质属性不同，设想的跨越学科往往成为一种不易落实的空想，或者为了满足理论诉求而勉强为之的过度诠释。相对来说，在跨学科研究中，文学与艺术的属性类似，更容易搭建比较研究的桥梁，也成为较为学者关注的领域，《论稿》尤其如此。文学与艺术的跨学科研究往往显得更为自然妥帖，也更符合文艺相互生发的实际。中国古代艺术中的诗书画便是一种密不可分、互为依仗的状态。《诗大序》言："诗者，志之所之也，在心为志，发言为诗，情动于中而形于言，言之不足，故嗟叹之，嗟叹之不足，故咏歌之，咏歌之不足，不知手之舞之足之蹈之也。"诗歌和音乐、舞蹈同出于人类的原始思维和真情实感的"通感"性，不同艺术创作过程中存在着相伴而生的自然状态和转化生成的诸种可能。

以《论稿》作者的眼光看来，无论是20世纪上半叶的小说家鲁迅、茅盾、沈从文，还是诗人李金发、闻一多、卞之琳，直至新时期王蒙、铁凝、王安忆、王小波、迟子建、棉棉等文坛宿将、新秀，都曾运用综合或者整体的眼光来不断审视和吸收西方现代艺术的影响。对于以往的影响研究而言，从文学到文学、从作家到作家的中外文学关系史易于梳理，但是过于清晰的脉络也容易陷入文学单边主义的泥淖，骨架清晰，筋肉却难免缺乏，从而有悖于文艺研究的本质属性。某种程度上，文学与艺术比较研究的跨学科研究则能够展示艺术生产的复杂性和多歧性特征。

乔·莫兰认为跨学科研究"可以在学科疆域的空隙处创造某种非学科空间，甚至超越全部的学科领域"。[①]《论稿》艺术也持有类似观点。譬如书中饶有趣味地梳理了高更对中国当代作家顾城、迟子建、张炜等人的影响。这些诗人、小说家或在散文中描述过欣赏高更绘画的心灵悸动（迟子建），或者人物形象塑造上有意以画家人生作为模本寻求一种互文性的美学关联（张炜），或者干脆把自己想象为曾经隐居荒岛的画家，在幻想中重建乌托邦（顾城）。论者跨越了文学与绘画等艺术门类的藩篱，不再追求实际发生影响的实证性材料，而关注不同艺术品类之间的沟通、互动、对话和辩驳，研究小说、诗歌等文艺手法与绘画的差异性艺术语言。诗人、小说家的精神画像与画家的写意人生，共同构建具有生产意义的思辨空间，无疑大大丰富了比

---

① Joe Moran. *Interdisciplinarity*. NY: Routledge, 2002, p. 65.

较文学的思维局域。

通读全书，可以看出作者对西方现代绘画、雕塑、音乐、舞蹈等艺术形式具有全面的涉猎和较为准确的把握。这也是中国比较文学研究者自身学术思域和研究方法的重要拓展，以往的中外文学关系研究较为单一的研究方式很可能是研究者自身艺术素养受限所致。《论稿》尝试重新肯定了比较文学研究作为艺术研究的基本属性，在此基础上呈现的文学与艺术比较研究的跨学科研究进路格外值得珍视。

也是多余的话（代后记）

我把这本书的产生归之于不可预知的机缘。

本书第一部分，来自参与北京师范大学王向远教授“中国比较文学年鉴”项目组的工作，想来已是近十年前的事情了。在系列年鉴当中，2001—2003年的工作任务量最大，又尤以中西比较文学部分为最，然而受邀即已十分荣幸，又怎能挑肥拣瘦？向远老师一切皆以学术出发的处事态度，令我服膺，这也是我愿意承担这份不易做好的工作的原因。记得在项目布置会上，他要求参与的执笔者不可局限于名家名刊，要从学术脉络中去细致辨别，选出真正值得评述的学术作品，这正是我的心里话。

其实，任何学术工作的前提都是学术综述，也即学术史，唯一的路径只能是涸泽而渔。只不过，这次要摸的池塘有点儿大。改革开放后比较文学二十年的沉潜发愤，各个子系都有厚积薄发之态，想要评说谈何容易？从数量上看，世纪之初几年间的各种论文、著作比之今天也少不太多。我能做到的仅仅是，尽个人所能去搜罗爬梳所能找到的全部文献，唯此无愧于心。这也是我愿意把这一部分文字芹献于方家的最终理由。

第二部分是我到北方工业大学入职以来发表的第一篇小文。那时，单位领导史仲文老师刚刚允我入门，获此任务，当然没有拒绝的理由。这部分文字后来汇入国家级精品课教材：《大学美育讲义》（清华大学出版社）。完成后的感受是，自然美似乎是美学范畴中最难把握的部分，其与美学体系的建立大有干系，与人生美、社会美、生活美、艺术美并列，实属不伦不类。本来我愿意就此再做新篇，但当时考虑集体写作，还是要顾及全书，形式上尽可能地靠近体例。不为主编，却总替主编操心，成为我日后工作的一种常态，此处也可聊备一哂。不授其课，而作诲人状，也与我愿相悖。这些都是不宜写进书里的多余之言。

第三部分的四篇书评，更是机缘所致。人文学的基本形态，就在于经年累月的阅读，可并不是每次阅读都能科学量化，形成写作的预期。即便写出来的文字，如这几篇，命运也各各不同。唯愿不因写作的外部缘由，而影响内心的真实判断。

我认为，今天中国不可谓不旺盛的学术事业中，实在亟须书评的文体建设。汉学大家杨联陞的代表作品，正是他的《汉学书评》。无奈何，国人自有温柔敦厚的传统，把本应正常的学术批评等同于恶声恶语。

还有，准备批评的，可能被批评的，不妨都抬眼看看今日的世界，思考一下人文学所面临的形势。今天，5G 技术、人工智能、大数据、区块链等科技浪潮扑面而来，目不暇接。或许未来某一天，这些敲键盘的劳什子真的被 AI 写作彻底取代。很多人也许不以为然，但如果中国的人文学只是满足于理论的演绎和流行的附庸，那我觉得这将会是必然。

人文学，应该是刘慈欣笔下“诗云”般的存在。人之为人，要有根据。

……

感谢北方工业大学 2019“毓优人才”项目资助。

更要感谢北京航空航天大学出版社的老师们！小书问世，离不开他们的古道热肠和认真细致！

2020 年 12 月 12 日
京西北寓所